G000066580

BÉBÉ COUPLE

Écrivain et scénariste, Janine Boissard, mère de quatre enfants, est l'auteur d'une suite romanesque pleine de tendresse et d'expérience vécue ; *L'Esprit de famille, L'Avenir de Bernadette, Claire et le bonheur, Moi, Pauline, Cécile et son amour*. Un feuilleton pour la télévision a été tiré des quatre premiers volets de cette saga. Il a été plusieurs fois diffusé avec un grand succès.

Janine Boissard a publié d'autres romans : *Une femme neuve, Rendez-vous avec mon fils, Une femme réconciliée, La Reconquête, L'Amour Béatrice, Une grande petite fille, Belle-grand-mère, Chez Babouchka* (la suite de *Belle-grand-mère*), *Boléro, Bébé couple*. Elle a publié chez Robert Laffont *Une femme en blanc*, feuilleton à succès et *Marie tempête*.

Paru dans Le Livre de Poche :

L'ESPRIT DE FAMILLE :
1. L'ESPRIT DE FAMILLE
2. L'AVENIR DE BERNADETTE
3. CLAIRE ET LE BONHEUR
4. MOI, PAULINE
5. CÉCILE, LA POISON
6. CÉCILE ET SON AMOUR
VOUS VERREZ, VOUS M'AIMEREZ
UNE FEMME NEUVE
RENDEZ-VOUS AVEC MON FILS
UNE FEMME RÉCONCILIÉE
CROISIÈRE
LES POMMES D'OR (*Croisière 2*)
LA RECONQUÊTE
L'AMOUR, BÉATRICE
UNE GRANDE PETITE FILLE
CRIS DU CŒUR
BELLE-GRAND-MÈRE
CHEZ BABOUCHKA
(*Belle-grand-mère 2*)
BOLÉRO

JANINE BOISSARD

Bébé couple

ROMAN

FAYARD

PREMIÈRE PARTIE

Une merveilleuse nouvelle

CHAPITRE PREMIER

C'est une dame dans la quarantaine, une mère, cela se voit tout de suite. Elle a les yeux cernés, le teint gris, un cœur qui bat dans son cou, qu'elle tente vainement de dissimuler de la main. Le mien s'est serré lorsqu'elle est entrée dans mon bureau : prémonition ? C'est une mère au bout du rouleau.

Il s'agit de son petit dernier, Léon, onze ans, un enfant doux, une crème, mais voyez-vous, une crème qui refuserait de prendre, disons plutôt une mayonnaise ou un soufflé raté : Léon ne lève pas.

À l'école, c'est le trop célèbre « coin du radiateur », la feuille blanche, la bouche cousue, bref, la résistance passive. Les tests auxquels il n'a pas refusé de se plier montrent pourtant que le garçon n'est pas bête ; il aurait même plus qu'il n'en faudrait pour être parmi les bons, mais on dirait que son intelligence ne lui sert qu'à trouver le meilleur moyen de se défiler. Le conseiller en orientation a interdit de prononcer le mot « paresse ». Il paraît que ça va plus loin, plus profond, un blocage. On est bien avancé avec ça.

M. et Mme Poupinot ont tout essayé pour faire sauter le verrou : la douceur et la force, le raisonnement, la cure de vitamine, rien n'y a fait ! Le gamin n'offre aucune prise, tout glisse sur lui, à se demander parfois s'il existe vraiment. Il vous fixe de ses grands yeux transparents, il a l'air d'accord avec vous, vous reprenez espoir, c'est pour vous apercevoir la minute suivante que vos paroles ne l'ont pas atteint. Une sorte d'extra-terrestre en son genre.

Physiquement, aucune carence, jamais malade, pas d'anémie, Léon se porte comme un charme. À la vérité, il n'aime qu'une seule chose : la maison. Il y resterait bien toute la journée en rêvassant entre un esquimau, du n'importe quoi à la télévision ou sa musique préférée sur les oreilles, comme une barrière de protection. Des copains ? Il n'a rien contre. Mais rien pour, non plus. Si l'on vient à lui, il paraît content, sinon, tant pis. D'après M. Poupinot, c'est un enfant qui a décidé de ne pas lutter : une sorte d'objecteur de conscience de la vie.

– Nous n'avons plus d'espoir qu'en vous, madame !

C'est sur le conseil d'Henriette Fleury – une amie dont j'ai, paraît-il, tiré d'affaire le petit Éric : un vrai poids mort pour la famille – que Mme Poupinot est venue me trouver. Le petit Éric Fleury, lui, seul le ballon l'intéressait. Et encore, pas pour en jouer, pour regarder les matchs à la télévision en s'égosillant avec son père. Et voici qu'à la suite des entretiens qu'il a eus avec moi, le sportif en chambre s'est découvert l'envie d'être un jour arbitre. Il admet qu'un arbitre doit savoir compter, le voilà qui se réveille en maths, il descend même sur le terrain pour voir comment les choses se passent, on le nomme arbitre dans l'équipe du collège. Sauvé !

– Consulte Mme Bellac, a ordonné Henriette Fleury à Mme Poupinot. Les enfants, c'est une question de moteur. Elle saura trouver celui de ton Léon.

«Chercheuse de moteur»? Orientatrice? Guide vers soi-même? Après vingt années de pratique, je n'ai toujours pas réussi à donner un nom au métier que j'exerce.

C'est sans doute grâce à mon père que je l'ai choisi. «Nul n'est un bon à rien. Chacun a en soi la faculté d'accomplir quelque chose de bien !» proclamait le professeur d'histoire. J'avais douze ans, il m'entraînait sur le balcon et me montrait la triste foule se hâtant vers le travail. «Vois-tu, disait-il, l'air sincèrement peiné, parmi ces gens, certains seraient capables d'accomplir des merveilles, mais personne ne les a aidés à trouver leurs possibilités d'excellence. »

C'est ainsi que naît une vocation : la main d'un père sur l'épaule d'une petite fille, sa voix convaincue et ce mot magnifique : « excellence ». Bref, armée d'une licence en droit et d'un deug de compta qui ne me servent rigoureusement à rien, j'essaie, comme vient de me le rappeler Mme Poupinot, d'aider les Éric et les Léon à trouver leur moteur.

« L'essentiel est que toi, tu y trouves ton plaisir, ma chérie », se résigne mon adorable mari lorsqu'il me récupère le soir, le teint hâve et la cervelle en mou de veau.

« Tout ça pour gagner trois sous ! Tu ferais mieux de t'occuper de ta maison », râle ma sœur aînée, Édith, qui a trouvé ses possibilités d'excellence en tyrannisant les siens.

Nous y reviendrons.

Pour l'instant, je suis dans mon « perchoir », une pièce spacieuse, située au-dessus de l'appartement familial, boulevard Saint-Éloi, à Paris, face à la pauvre Mme Poupinot qui, tout en répondant à mes questions, cherche à se réconforter en faisant l'inventaire des lieux.

La bibliothèque en acajou, les livres reliés, le bureau Empire hérités de mon père et sur lequel trônent les portraits de ceux que je chéris : Albin, mon mari, Lionel et Césarine, mes enfants, plus trois bambinos qui dénoncent mon état de grand-mère la rassurent. Elle se détend, remplit mieux son siège : voilà les preuves, se dit-elle, que celle qui lui fait vis-à-vis a réussi tant dans sa vie professionnelle que personnelle et qu'elle saura tirer son Léon des limbes où il se complaît.

Ma pauvre vieille, si tu savais !

– Un dernier point sur lequel je n'ai peut-être pas assez insisté, dit-elle. Il n'y a pas plus gentil que ce petit. Jamais une colère, ni même un mouvement d'humeur. On dirait... (Elle montre le bouddha sur mon bureau, cadeau de Césarine.) On dirait l'une de ces personnes, toujours le sourire aux lèvres. Et avec ça, complaisant ! Le soir, par exemple, c'est toujours lui qui descend la poubelle.

À nouveau mon cœur se serre :

– La cour où se trouve cette poubelle est à ciel ouvert, je suppose ?

– Mais oui, s'exclame Mme Poupinot. Comment l'avez-vous deviné ?

– Et Léon contemple la nuit ?

– Pendant des heures... On l'appelle par la fenêtre de la cuisine. M. Poupinot lui demande s'il aura bientôt fini de compter les étoiles...

– Et lorsqu'il se décide à remonter à la maison ?

– Il est tout enflammé. Il affirme qu'il sera astronome, cosmonaute, ou je ne sais quoi. Mais, le lendemain, s'il voit une fourmi, une mouche, un insecte, c'est savant qu'il veut être. Et le coup suivant, autre chose ; le temps de le dire et c'est passé. Remarquez, durant une minute, il y a vraiment cru, il s'y est vu. Mais le moteur n'a pas embrayé. Voyez-vous, madame, on préférerait parfois qu'il ait un sale caractère, qu'il se révolte, au moins on aurait de la prise.

Je demande avec précaution :

– Imaginons qu'il ne trouve plus sa crème glacée dans le Frigidaire...

– On a essayé ça aussi, vous pensez bien, répond Mme Poupinot avec un rire blasé. Couper le cordon avec la maison. On a mis sa musique et ses B.D. sous clé, vous ne devinerez jamais ce qui s'est passé.

Oh! si, j'ai deviné. Venus de l'extérieur, sans que l'on sache comment, dès le lendemain, Léon avait crème glacée, musique et B.D.

– Le plus beau, s'étonne encore Mme Poupinot, c'est le jour où son professeur de français lui a apporté lui-même des cassettes de sa musique préférée. On n'a toujours pas compris comment il s'était débrouillé.

– Je connais ça.

Les mots sont venus à mon insu, d'une vague trop forte qui soudain me submerge. Inconsciente de ce qui m'arrive, la pauvre mère se penche vers moi, pleine d'espoir.

– Alors vous allez pouvoir nous aider? Que faut-il faire?

Il se produit comme une explosion dans ma tête. Mon inconscient me monte aux lèvres et je m'entends répondre avec la plus grande détermination:

– Tuez-le, madame.

CHAPITRE 2

Comment, à cinquante-neuf ans, aux deux tiers d'un parcours exemplaire dédié à l'amour : celui d'un mari devenu comme un autre soi-même malgré ses horripilantes manies, d'enfants plutôt réussis, ma foi, et alors que l'on pratique un métier tout de tolérance et d'ouverture d'esprit, en vient-on à nourrir au fond de son cœur ce souhait monstrueux : la mort du garçon aimé par sa propre fille ?

En répondant à Mme Poupinot : « Tuez-le », ce n'est pas Léon que j'ai vu disparaître, mais Félix, le compagnon de ma Césarine.

Que celles qui n'ont jamais, dans le brouillard d'un demi-sommeil bienheureux, exécuté le bourreau d'enfants, l'étouffeur de vieilles dames, l'homme politique-ventouse, ou même un époux, non de leurs propres mains bien entendu, mais à la faveur d'un accident de la route, du rail ou du ciel, d'une attaque à main armée ou d'une soudaine et cruelle maladie, quittent cette histoire. Les sachant là, j'aurais honte de continuer et tendance à tricher avec mes sentiments. Puis-je seulement avancer un chiffre pour ma défense ? QUATRE-VINGTS POUR CENT !

Selon une enquête récente, quatre-vingts pour cent des femmes qui consultent mage, voyant ou marabout, attendent de ceux-ci qu'ils leur prédisent un décès ; la plupart du temps, celui de leur conjoint. J'ajouterai que le mien, le cher Albin, à qui je souhaite en mon âme et conscience de continuer à user ma patience le plus longtemps possible, a eu lui aussi, au moins une fois, une pensée meurtrière vis-à-vis dudit Félix. Je l'ai lue clairement dans ses yeux et en ai été glacée.

C'était le jour où ce garçon au sourire de bouddha (comme Léon) lui avait offert pour Noël une paire de charentaises neuves.

— Qu'avez-vous fait des autres ? interrogea Albin d'une voix altérée.

— À la poubelle, répondit Félix avec entrain. (Toujours comme Léon, il adore les descendre et la cour est à ciel ouvert.) Vous remarquerez qu'elles sont de la même couleur que les vieilles.

Les vieilles n'étaient plus que des loques, mais Albin les chérissait car c'étaient les seules dans lesquelles son orteil-marteau se faisait oublier.

Les éboueurs étant passés depuis belle lurette, tout espoir de les récupérer était vain, et ce fut à cet instant qu'Albin eut son regard de prédateur.

Plus tard, assis sur le rebord de la baignoire, considérant sombrement le désespoir des pédicures, il avoua :

— Je l'aurais tué.

— Moi aussi, renchéris-je pour lui ôter tout sentiment de culpabilité.

Grâce au petit Léon que je ne connaîtrai jamais, ayant perdu la clientèle de sa mère, je viens de découvrir que ce n'étaient pas là des paroles en l'air.

Selon la même enquête sur les voyants, mages et marabouts, si tant d'épouses font, dans leurs rêves, disparaître leur conjoint, c'est mues par un sentiment de totale impuissance. Face à un poids devenu insupportable, elles ne voient pas d'autre solution pour s'en débarrasser. L'accident brutal ou la maladie foudroyante ont leur préférence, car elles bénéficient en prime de la compassion de l'entourage, ce qui est rare en cas de divorce. Je préfère garder le silence sur les considérations financières.

Lorsque j'ai lancé, à mon cœur défendant, mon « Tuez-le » à la pauvre mère, c'était bien à ce sentiment d'impuissance que je cédais. Pas d'autre solution pour nous libérer de Félix. Et le regret m'étreint : nous avons bel et bien, Albin et moi, été les artisans de notre malheur. Aurions-nous pu l'éviter ? Il me semble qu'il a tout de suite été trop tard. C'était il y a un peu plus de deux ans.

Vous vivez la vie sans histoire des gens heureux : un mari tendre, attentionné et courtier d'assurances, un métier que vous aimez, même si ce n'en est pas un, deux enfants : fils et fille. Du côté de Lionel, trente ans, pas de problème (si ce n'est, pour être franche, d'irrésistibles envies de bâiller en sa présence). Sorti de Polytechnique, il a mis sa vie sur ordinateur, sélectionné la femme qui lui convenait, conçu avec elle, au moment choisi, deux enfants qui ramènent de l'école des carnets scolaires épatants et font partie de clubs choisis. Cette parfaite et soporifique petite famille est installée à Toulon, où Lionel remplit d'importantes fonctions au port.

On dirait que Césarine a pris toute la fantaisie refusée à son frère. C'est le sourire de la maison, l'entrain, la générosité. À cinq ans, elle échangeait son petit matériel scolaire flambant neuf contre celui, peu reluisant, de camarades moins favorisées. À dix, il fallait l'empêcher, au retour de l'école, de glisser ses économies dans les horodateurs pour éviter des contraventions aux automobilistes en infraction : le cœur sur la main.

Elle l'a gardé.

Césarine est croyante. Elle croit à la réincarnation, à la métempsycose, à l'homme total, au savon aux algues, aux derviches tourneurs, à la présence du Seigneur en nous et à l'éveil de nos énergies subtiles. Après un bac, obtenu laborieusement, non par manque de travail, car c'est une fille appliquée et consciencieuse, mais faute de concentration d'un esprit capté par les ondes voyageuses, vous avez cherché avec elle – n'est-ce pas votre métier ? – la voie où elle trouverait à s'épanouir tout en subvenant à ses besoins. Après avoir longuement hésité entre l'enseignement du yoga et la recherche d'une meilleure prise de conscience de soi grâce à l'art du gong, elle a, à notre grand soulagement, choisi le yoga.

«Entre deux maux..., a soupiré Albin. Et, jolie comme elle est, espérons qu'elle rencontrera un solide gaillard muni d'une bonne situation!» (Sous-entendu: comme sa personne.)

«Une merveilleuse nouvelle!» s'écrie Césarine.

La scène se passe à la maison un début de septembre. Notre fille nous revient du Midi où elle a suivi une session de massages indiens à l'huile de sésame. Ces massages, compléments indispensables à l'apprentissage du yoga, sont destinés à renouer avec le sens du toucher et apporter détente et harmonie autour de soi. La «merveilleuse nouvelle» dépasse Césarine d'une bonne tête à la vigoureuse chevelure châtain. Elle porte des lunettes, arbore un large sourire et nous gratifie d'une franche poignée de main.

– C'est Félix.

Tandis que l'apprentie yogi s'initiait aux massages indiens, le prénommé Félix se brisait les reins pour gagner quelques sous en castrant le maïs dans un champ voisin. C'est là qu'elle l'a ramassé, nous explique-t-elle, encore émue à ce souvenir.

– Et écoute ça, papa! Il est né un samedi comme toi, au mois de mai comme maman, et la même année que moi. Le destin, quand même...

Félix prend l'air modeste du nourrisson, sur le berceau duquel se sont penchées les fées. Albin fait son possible pour partager l'éblouissement de sa fille. Bassement terre à terre, je note que l'élu a vingt-deux ans. Césarine se tourne vers la cuisine d'où montent les fumets d'un brochet aux herbes destiné à fêter son retour.

– Est-ce que Félix peut rester dîner? On n'a rien mangé dans le train, je vous dis pas les crocs d'enfer!

Jamais, jusqu'à cet instant, Césarine n'a invité de garçon à prendre un repas à la maison. Elle a toujours été très discrète sur ses relations masculines. Au sujet de sa sexualité, nous sommes dans le noir complet : a-t-elle ou non sauté le pas ? Mystère.

Je vis cette situation au plus mal, en complète contradiction avec moi-même. À la fois je souhaite ardemment que ma fille chérie rencontre enfin l'âme sœur, et redoute pour elle le moment de vérité. Le matin, je me ronge à l'idée qu'elle pourrait être bloquée physiquement – vingt-deux ans, quand même ! Le soir, dans le secret de mon cœur formé par les dames du Saint-Sacrement, j'espère la voir se garder pour le «bon», épousée à l'église. Nous en parlons souvent avec Albin qui, sur ce point du moins, partage mon désordre de sentiments.

En attendant, face à la «merveilleuse nouvelle», nous cédons tout de suite au détestable travers des parents en voyant flotter à l'horizon, sous forme de point d'interrogation, un coin de voile blanc.

Durant le dîner – Albin a monté une bonne bouteille de la cave –, nous apprenons que le Félix a un deug de philo (me revoici à calculer : vingt-deux ans, bac plus deux, pas un rapide dans ses études). Quant à la philo... Mais attachons-nous plutôt aux bons côtés : s'il ne semble pas bavard, son français est parfait, sa tenue à table irréprochable. Il insiste pour desservir, se met d'autorité à la plonge : un hôte charmant.

À l'heure de la citronnelle, récoltée fraîche pour nous par Césarine entre deux séances de massage, mon Albin tâte le terrain du côté des champs de maïs.

– Alors, demain la rentrée ? Boulot-boulot ?

– Au service de la patrie, répond sobrement Félix. Et il ajoute : Après vingt-deux ans, le report d'incorporation n'est plus automatique. Faut y aller.

Ce «faut y aller» pourrait nous mettre la puce à l'oreille, mais non. Quel jeune part avec enthousiasme à l'armée ? Nous laissons passer.

– Il doit se présenter dès l'aube à la caserne, nous apprend Césarine en lançant au futur conscrit un regard de promise bretonne sur la grève.

Dès l'aube ? Et minuit sonne ! Nous nous levons comme un seul militaire. Albin tend complaisamment à Césarine son trousseau de clés :

– Si tu veux la voiture pour raccompagner ton ami...

– Il pourrait pas plutôt dormir là ? interroge Césarine. Sa pauvre maman vient de déménager ; elle n'a plus que dix mètres carrés.

Et nous cent cinquante ! Un regard sévère nous le rappelle. Cent cinquante mètres carrés en duplex. En haut, mon fameux perchoir, avec vaste entrée indépendante. Dix-sept marches d'escalier intérieur plus bas, le spacieux salon-salle à manger où nous nous trouvons actuellement, plus trois chambres à coucher.

Félix s'est tourné discrètement du côté de la rue. Albin se racle la gorge. Nous voici confrontés à une situation pour nous aussi inattendue que neuve. Nous avons hébergé quantité d'amies de notre fille, ce qui nous a amenés à l'achat d'un lit gigogne. Mais d'ami « i », d'ami dont la pauvre maman n'a plus que dix mètres carrés – tiens, où est passé le père ? – et dont le sac à dos voisine dans notre entrée avec celui de notre fille, jamais encore.

– Alors, on n'a pas la place ? insiste perfidement Césarine.

L'œil d'Albin est devenu vitreux, signe qu'il me laisse toute la responsabilité de la réponse, quitte à me la reprocher après. Une nuit... Demain, l'armée ! Le moyen de refuser ?

– Viens, ma chérie, je vais te donner des draps.

Mais, tandis que nous nous dirigeons en file indienne vers l'armoire à linge, une autre question, engendrée par ma réponse favorable, se pose : « Où va dormir la merveilleuse nouvelle ? » La masseuse à l'huile de sésame a-t-elle sauté le pas avec le castreur de maïs ?

Et là, ma religion est faite : je ne me montrerai pas une mère complaisante en mettant d'autorité Félix dans le lit gigogne. Mais, comme d'une main ferme je tire de l'armoire des draps taille moyenne pour le lit de Lionel, Césarine m'arrête.

– Pas la peine, m'man. On se tassera sous ma couette. Et pour le sida, galérez pas, on est grands, on est au courant !

C'est ainsi qu'il a tout de suite été trop tard. Plein du chagrin de n'être plus le seul homme dans la vie de sa fille, Albin a filé se coucher. En refermant la porte de l'armoire à linge, j'ouvrais sans le savoir celle de notre maison à un bébé couple.

CHAPITRE 3

Un bébé couple est formé d'un garçon et d'une fille, le plus souvent majeurs, qui ont décidé d'unir leur vie, surtout pour le meilleur, sous un même toit : le vôtre. Pour employer leur langage : ils « sortent » ensemble... à domicile.

Sept cent mille parents en France hébergent un bébé couple. On en prévoit environ un million pour l'an 2000. La plus grande tolérance des adultes vis-à-vis de la vie sexuelle de leurs enfants, la longueur des études, le prix du logement, les aléas de l'emploi, la peur de s'envoler sont à l'origine de ce phénomène. Le bébé couple prend de l'âge ; encore récemment, ceux qui le formaient dépassaient rarement les vingt-cinq ans. De plus en plus, on en rencontre aux alentours de la trentaine.

« C'est l'incruste », comme eux-mêmes le reconnaissent gaiement.

– Je te l'avais bien dit, exulte Édith, ma sœur, du haut de son exaspérante famille sans chômeurs, sans délinquants ni concubins.

Six ans de plus que moi, combien de fois Édith ne me « l'aura-t-elle bien dit », cette phrase que toute personne charitable devrait rayer de son vocabulaire, quitte à triompher dans le secret de son cœur en voyant fleurir tout le mauvais qu'elle avait prévu pour autrui ?

Édith, elle, a choisi de rester à la maison pour veiller au grain. Quand ses gamins rentraient de l'école, elle les attendait de pied ferme. Elle se penchait sur les devoirs, faisait réciter les leçons, préparait des blanquettes, des ragoûts, des hachis utilisant les restes et des gâteaux économiques mais savoureux quand même. Elle, n'abandonnait pas les siens pour guider des étrangers à la famille vers le meilleur d'eux-mêmes. Et elle m'avait bien dit, oui, qu'il ne fallait jamais recevoir à la maison, même pour une nuit, même dans une chambre séparée, le ou la petite amie des enfants car :

— Tu te doutes bien de ce qui se passe sitôt ta porte refermée.

— Mais alors, où ils font ça, les tiens ?

... Ses trois gaillards remplis de sève, après qui galopaient, affirmait-elle fièrement, toutes les filles du XVIe arrondissement voisin.

— Où ils font ça... Tu as une façon de dépoétiser, ma pauvre. Eh bien, je ne veux pas le savoir : ils se débrouillent.

Voilà la faille ! Poète ou non, déserteuse de foyer ou non, moi, j'ai toujours voulu savoir. Non par indiscrétion, mais par intérêt pour les miens, par angoisse, un peu beaucoup, bref, par amour. Où vont-ils ? Avec qui ? Pour faire quoi ? Et si, là où ils allaient, on leur proposait de la drogue ? S'ils acceptaient par curiosité, continuaient par goût, devenaient accro, attrapaient le sida, mon dieu !

Aujourd'hui, les gaillards pleins de sève de ma sœur Édith et de son mari, entrepreneur de pompes funèbres — sans rire —, sont casés et leur fabriquent à la chaîne des petits-enfants que leurs mères gardent à l'œil, ELLES ! Pleine de la satisfaction du devoir accompli, Édith peut se consacrer à ses trois passions : son bouvier des Flandres, ma personne et le bridge. Classée «deuxième série cœur», elle appartient à un club, court les championnats et dispose ainsi d'un réservoir inépuisable de gens à engueuler.

Bien que fort douée à mon humble avis, j'évite de jouer avec elle car, à peine les cartes données, ainsi que l'expriment si justement certains jeunes : « J'ai la rage. »

Bref! Quoique ma sœur me l'ait bien dit, j'ai laissé le philosophe castreur de maïs et ma Césarine s'introduire sous la couette, lavée par mes mains avec amour avant la rentrée. Les cloisons de notre immeuble moderne du XVe arrondissement de Paris étant de papier, ils ne nous ont pas laissé ignorer qu'ils s'y trouvaient fort bien, tout en retournant le fer dans la plaie d'un père dépossédé de sa fille.

À la cuisine où nous nous traînons après cette nuit d'épreuve, nous trouvons la promise bretonne attablée seule, les yeux battus, devant son bol de pilpil et son jus de céleri.

– Connaître enfin la communion de pensée et se voir aussitôt séparés par l'armée…, soupire-t-elle.

La «communion de pensée» me laisse perplexe. Albin, tout au soulagement que le marin ait levé l'ancre avant son sacro-saint petit déjeuner, remarque légèrement :

– Faire son service, ce n'est tout de même pas la mort !

– Mais comment je vais faire, moi ? Vous vous rendez compte ? Six semaines ! brame Césarine.

– SIX SEMAINES ?

Un même cri nous a échappé. Lorsque Albin a fait son service, c'était la guerre d'Algérie, il en a écopé pour vingt-quatre mois. Pour Lionel, dans la coopération : seize.

– Quinze jours de formation militaire de base, plus trente d'apprentissage pour son poste de solidarité nationale, ça fait six semaines, explique Césarine.

– Attends, attends…, intervient Albin qui vient de renverser toute la poudre de café à côté du filtre. Qu'est-ce que c'est que ça : «solidarité nationale» ?

– Félix a demandé à s'occuper des personnes handicapées dépendantes vivant à domicile, nous apprend gravement notre fille. En deux mots, il va récupérer les pauvres vieux jetés par leur famille. Vous avouerez que c'est plus malin que de ramper dans la boue en se faisant gonfler par une machine à ordres.

Albin « avoue » précipitamment. Césarine est pour le dialogue, prête à y passer toute l'année si besoin est : on capitule toujours par usure.

— Notez que c'est pas gagné! soupire-t-elle. Il faut d'abord que Félix réussisse son Sygiop.

SYGIOP. Bon fonctionnement des membres supérieurs, inférieurs, état général, oreilles et psychisme.

— Et ce Sy je ne sais pas quoi, c'est difficile? s'enquiert Albin tout en récupérant le café en poudre à la petite cuillère : rien ne se perd à la maison.

— Surtout le psychisme. Mais, de ce côté-là, Félix ne craint personne, déclare Césarine avec fierté. Croisons les doigts.

Sur ce, remontée par l'appui moral de sa famille, elle expédie pilpil et jus de céleri et court occuper notre salle de bains.

La pratique du yoga exige une parfaite hygiène de l'âme comme du corps. L'ennui est que, pour le corps, elle utilise des huiles extrêmement grasses qui rendent le bain périlleux et la baignoire impossible à nettoyer. Une goutte sur le carrelage, c'est le massacre assuré.

Un malaise plane dans la cuisine tandis qu'Albin et moi buvons notre café. À peine si nous osons nous regarder. Serions-nous des parents indignes, incapables de nous réjouir du bonheur de notre fille? Voici qu'elle trouve enfin la « communion de pensée » qu'elle cherchait depuis des années, nous la ramène en confiance, il s'agit d'un garçon sympathique, serviable, qui choisit de s'occuper des personnes âgées handicapées dépendantes..., et nous sommes incapables de nous réjouir! Ça bloque quelque part. Où?

— Est-ce qu'elle prend au moins la pilule, ta fille? attaque méchamment Albin.

— Mais je n'en sais rien, mon vieux. Pourquoi tu ne le lui as pas demandé?

Et vlan! Moi, c'est le « On est au courant » de Césarine, hier, qui m'oppresse. Voulait-elle dire qu'ils se protégeaient contre le sida ou qu'ils se faisaient confiance ? Césarine a toujours été à fond pour la confiance et opposée à tout produit sortant d'une pharmacie. Et si elle avait mal placé sa confiance, ne se protégeait contre rien, attendait un bébé, un bébé séropositif ?

— En tout cas, elle m'a l'air sérieusement accrochée, constate Albin.

— On dirait bien.

— N'est-il pas un peu jeune ?

Le voilà, le malaise ! Rien du solide gaillard souhaité par nous pour épauler notre évaporée de fille. Le même âge qu'elle, la philo pour tout bagage.

Césarine passe la tête dans la cuisine, enveloppe ses vieux parents dans un sourire de félicité :

— Je file au charbon. Si ça t'ennuie pas, m'man, j'ai mis quelques petites choses masculines dans la machine ; t'as plus qu'à faire tourner et bisous d'avance.

CHAPITRE 4

Notre fille avait une quinzaine d'années lorsque, alertée par l'odeur d'encens – que je pris pour celle du hasch –, je fis irruption dans sa chambre et la découvris, paupières closes, paumes des mains tournées vers le ciel et genoux en vrille, dans la chatoyante lueur de bougies aromatisées. Sans ouvrir les yeux, elle déclara avec sa gentillesse habituelle : « Qui que vous soyez, esprit occidental, veuillez vous déchausser. Bienvenue au royaume de la sagesse. »

Le monde du yoga s'ouvrait à moi.

Elle avait dix-huit ans et son bac en poche lorsqu'elle prit la décision d'en faire sa profession : transmettre à ses frères humains la technique qui purifie l'être et éveille les énergies subtiles, et s'engagea dans de longues et coûteuses études non sanctionnées par un diplôme homologué.

J'avais tenté de l'éclairer : « Sache, mon trésor, que les professions artisanales, c'est la galère. »

Point d'État pour étendre sur elle son aile protectrice, « pas d'heures », c'est-à-dire deux fois plus que le commun des mortels, pas de congés payés ni d'Assedic et, à la fin du mois, charges acquittées et appétits du percepteur satisfaits, moins, au fond de l'escarcelle, que n'y trouve une employée de maison, plutôt mieux considérée et qui a parfois l'avantage d'être nourrie et logée.

Ma fille m'avait regardée d'un air malicieux : « Mais un travail que j'aimerai ! Comme ma mère… »

Que répondre à cette double déclaration d'amour ? Quant à Albin, il avait mis tous ses espoirs dans le solide gaillard.

Lorsque s'ouvre ce nouveau pan de notre vie avec l'atterrissage de Félix sous la couette de Césarine, celle-ci entame sa dernière année d'études avant de pouvoir faire partager sa passion à des élèves qu'elle espère multiples. Sur les étagères de sa chambre, elle a empilé les nombreuses « petites choses masculines » lavées et repassées par les mains d'une mère trop complaisante. Voilà presque deux semaines que Félix a quitté Paris pour sa formation militaire de base à l'issue de laquelle il saura reconnaître les grades et marcher au pas. Le jour même de son départ, aérant chez Césarine, mon œil a été attiré par une boîte plate et rectangulaire – à ne délivrer que sur ordonnance – dans le tiroir de sa table de nuit. Je me suis précipitée sur la notice : il s'agissait bien de la pilule ! J'ai aussitôt appelé Albin à Hespérus, sa compagnie d'assurances, pour le rassurer : côté « bébé » pas de soucis à se faire.

Nous avons profité de quiètes soirées pour prospecter du côté des racines de notre castreur de maïs et avons appris – nous nous en doutions – que la pauvre maman venait de divorcer – d'où les dix mètres carrés.

– Avant ça, elle était bien plus au large que nous, a laissé tomber Césarine avec un regard condescendant sur notre cher appartement dont nous n'avons pas fini de payer les traites. Elle vivait dans un hôtel particulier avec jardin.

– Et l'ex-mari est resté dans l'hôtel particulier ? a interrogé Albin, plein d'espoir que les « petites choses masculines » y trouveraient leur place.

– Il est à l'hôtel tout court, a répondu Césarine. C'est tout ce que je sais. Y'a un malaise de ce côté-là alors j'y vais sur la pointe des pieds.

Et qu'importaient les attaches matérielles ? L'essentiel n'était-il pas qu'ils soient sur la même longueur d'ondes, et en « communion de pensée » ?

30

À propos d'ondes, nous n'avons plus le droit d'utiliser celles du téléphone entre huit et neuf heures du soir, créneau où notre fille se barricade dans sa chambre avec l'appareil sans fil pour attendre que Félix lui communique le numéro d'une cabine où elle le rappelle aussitôt.

– Ça vous ennuie pas trop, pap' et m'man de payer la communication? C'est pas avec sa solde minable qu'on pourrait se parler tous les jours.

«Se parler»? À première écoute, de longs silences coupés de brûlants soupirs gonflent les unités qui s'envolent à nos frais.

Ce soir-là, de fin septembre, descendant de mon perchoir et retrouvant avec soulagement, après une journée bien remplie, la quiétude de l'appartement, je bute sur un long sac verdâtre qui n'a rien à faire dans l'entrée. Une voix masculine, montant de la cuisine, m'indique qu'il doit s'agir d'un «paquetage». Et, en effet, un militaire qui a perdu les trois quarts de sa chevelure mais pas son sympathique sourire, est attablé face à ma pacifiste et à une assiettée d'andouille de Vire et autre jésus, appréciés par mon époux à l'heure de l'apéritif.

– Une merveilleuse nouvelle! s'écrie Césarine. Félix a passé haut la main son Sygiop. C'est gagné pour les handicapés!

Tout ému, le lauréat me tend ses joues. Il sent le gros drap de l'armée et l'eau de toilette d'Albin, *Flibustier*. Césarine brandit une bouteille de champagne.

– Félix nous l'offre pour fêter ça. Toute sa solde y est passée.

Je me confonds en remerciements bien que cette délicieuse boisson me donne la goutte et, à Albin, la migraine. Légèrement étourdie, je les laisse à leur bonheur et vais me rafraîchir avant le retour du maître de maison. Un restant de mousse crépite au fond de la baignoire; mon odorat ne m'avait pas trompée: le niveau de *Flibustier* a sérieusement baissé. Je m'en veux de le remarquer. Ce pauvre garçon qui dépense, pour nous offrir le champagne

31

– une grande marque –, toutes les économies faites sur notre dos au téléphone! Deviendrais-tu pingre, ma vieille?

Comme je reviens au salon, animée des intentions les plus généreuses, c'est pour constater que le couvert a été mis. Pour quatre! Voilà au moins une interrogation résolue: Félix nous reste à dîner. Et, cette fois, sans que Césarine m'en ait demandé l'autorisation. Apparemment, la chose allait de soi.

«Je te l'avais bien dit», triomphe Édith à mon oreille. Mais comment boire le champagne du militaire sans le retenir à dîner? La seule question qui compte est de savoir s'il passera une nouvelle nuit sous notre toit. Mon côté défaitiste me souffle qu'il y a peu de chances que, durant les quinze jours de formation de base de Félix, sa pauvre mère se soit agrandie, ni que le père ait retrouvé son hôtel particulier. Et si Césarine le reprend tout naturellement sous sa couette, comme elle a mis son couvert, c'est mauvais, très mauvais, reconnaissons-le.

Elle est venue me rejoindre à la cuisine où j'arrose mon «corsaire», rôti de veau farci aux piments, délice d'Albin s'il est accompagné d'une vraie purée de pommes de terre, où il creuse un goulot pour y verser la sauce comme lorsqu'il était enfant et s'imaginait à la mer. Albin est resté très jeune, c'est l'une des raisons pour lesquelles je l'aime. L'autre raison est que c'est un adulte responsable sur lequel je peux m'appuyer.

– Félix est trop modeste pour te l'avoir dit, annonce Césarine, mais il a eu la note maximum en psychisme: P 1. Elle frappe son front d'un air radieux: De ce côté-là, tout est O.K., et disparaît avant que j'aie pu partager sa joie.

En ayant terminé avec mon «corsaire» et mes savoureuses pommes de terre, je reviens au salon, où je note le champagne dans le seau à glace, les flûtes en cristal de feu bonne-maman, Césarine sur les genoux de Félix et Félix dans la bergère à oreilles d'Albin.

Il y a six fauteuils dans cette pièce, plus le canapé quatre places, est-ce un hasard si Félix occupe le Louis XV? Le plus confortable, face à la télévision, avec tabouret pour les pieds (orteil marteau), tablette pour les lunettes, le journal et le verre? Serait-ce Césarine qui l'y a poussé?

Avant que j'aie pu résoudre cette question, plus importante qu'on ne le croit pour l'avenir, la voix d'Albin retentit dans l'entrée.

– Mmmmm… Voilà une maison qui sent fameusement bon!

Parle-t-il de l'odeur du «corsaire» ou de celle de *Flibustier* dont j'ai moi-même abusé après ma douche pour tromper l'ennemi?

Suspendue au cou de son père, Césarine lui annonce la «bonne nouvelle»: Félix a eu son Sygiop, il quitte l'armée demain et dépendra désormais du ministère des Affaires sociales où, durant quatre semaines, il sera formé pour son poste de solidarité nationale.

Albin cherche mon regard par-dessus l'épaule de sa fille: «C'est bon, ça?» Comment savoir? Le lauréat fait déjà sauter le bouchon de champagne, nous n'allons pas le leur gâcher. Je réponds par un sourire confiant.

Il était excellent, ce champagne; et les bonnes marques ne donnaient ni la goutte ni la migraine, nous a assuré affectueusement Félix que Césarine avait apparemment informé de nos petites misères. La chair du «corsaire» était onctueuse, relevée à point par le piment. Albin a fait son puits dans la purée. Ragaillardi par la bonne chère, il n'a pas hésité à poser à notre hôte quelques questions fort à propos. Ainsi, demain, Félix ne dépendrait plus de l'armée. Durant ses deux semaines de formation, aurait-il au moins appris à manier un fusil?

Nos jeunes ont bien ri. Inutile, avec le choix de la solidarité nationale! Si un conflit éclatait, Félix serait au pire employé dans un service de santé.

Nous avons également appris que l'appelé – on n'osait plus dire le « militaire » – aurait droit à treize jours de permission durant ses dix mois de travail auprès des handicapés dépendants. Plus rallonge en cas d'événement familial important. Le regard de Félix, s'attardant sur nous, semblait indiquer que c'était de notre côté qu'il pouvait espérer la rallonge.

Après l'infusion « Sérénité d'un Soir », servie par Césarine, ils sont allés main dans la main et sans rien demander à personne se confondre sous la couette.

– Au moins, calcule Albin qui, lui aussi, a du mal à trouver le sommeil, nous avons maintenant devant nous dix mois de répit, tu l'as bien entendu comme moi, n'est-ce pas ?

– Moins les treize jours de perm.

– Ça nous laissera quand même le temps de nous retourner.

– Et à Césarine celui de réfléchir.

– Une merveilleuse nouvelle ! déclare la promise bretonne lorsque nous la retrouvons pour le petit déjeuner. (Le coucou est envolé.) À l'armée aussi, il y a la crise du logement ! Félix va demander le « couchage extérieur ». Il a de bonnes chances de l'obtenir.

CHAPITRE 5

— Arrête ça tout de suite ! ordonne Édith. Pas une nuit de plus, pas une machine de plus ; car je suppose qu'il laisse son linge ?

J'ai la rage. Mais, me demanderez-vous, avais-je besoin de parler de Félix à ma sœur ? Je ne lui en ai pas dit un mot. Son sixième sens, celui des rats, l'a alertée que le navire familial Bellac prenait l'eau, lorsque ce matin, à sept heures, alors qu'elle promenait son innommable bouvier des Flandres, elle a surpris, à la bouche de métro, Césarine en pyjama (sous la gabardine d'Albin) faisant de tendres adieux à son militaire.

Car après avoir partagé avec ma sœur la même chambre durant une bonne quinzaine d'années, avant qu'elle ne convole avec Jean-Eudes, jeune et ambitieux entrepreneur de pompes funèbres, nous partageons aujourd'hui le même boulevard Saint-Éloi.

C'est elle qui m'y a attirée. Nous cherchions à nous agrandir, en face de l'appartement d'Édith un merveilleux duplex était à vendre, je n'ai pas résisté au perchoir où je pourrais exercer mon métier qui n'en est pas un, sans m'éloigner des miens. Je n'avais pas soupçonné que, de son perchoir à elle – un balcon où elle cultive arbres et fleurs dignes de figurer dans les catalogues publicitaires de Thanatos (l'entreprise de son mari) –, Édith serait trop ravie de reprendre son rôle de grande sœur en observant les mouvements de la petite.

– Arrête ça, sinon vous êtes fichus!

Dès Albin parti, elle a foncé à la maison pour me bien dire d'avance qu'en hébergeant le militaire nous courions à la catastrophe. Elle a raison, c'est le plus énervant! Jusqu'au fond de mes fibres maternelles, je sens que le couchage extérieur – dont je me suis bien gardée de lui parler – tire l'ultime sonnette d'alarme. Car il se fera sous la couette de Césarine, c'est aussi clair qu'un et un font deux. Comment le long corps de Félix, un mètre quatre-vingt-huit, tiendrait-il dans les dix mètres carrés de la pauvre mère, qui ne doit, en outre, même pas avoir de machine à laver? Bien sûr qu'il faut arrêter ça! Mais je ne vois pas comment car je suis une mère faible et démissionnaire.

– Sais-tu au moins ce que font les parents? poursuit Édith, impitoyable.

J'avoue:

– Tout ce que je sais est que la mère est divorcée.

– Quelle épatante nouvelle! s'exclame Édith. Et le père?

– Il vit à l'hôtel.

– Le garçon?

– Il a une agreg de philo.

Je n'ai pas résisté à ce modeste mensonge qui redore un peu la famille.

– Avec ça, il a une petite chance de trouver un emploi de laveur de carreaux, laisse tomber ma sœur.

Du bouvier des Flandres qui réclame hargneusement sa promenade, ou de moi, je me demande lequel a le plus envie de mordre.

Le soir même, sitôt que j'entends la clé tourner dans la serrure, en contradiction avec l'une de mes règles d'or: «Accueillir son homme en douceur afin qu'il savoure sa chance de rentrer dans un havre de paix», je fonds sur Albin et le traîne jusqu'à sa bergère à oreilles sans lui laisser le temps de retirer sa gabardine.

– J'ai à te parler!

Je rends d'abord justice à Félix: voilà un garçon bien élevé, serviable, généreux (champagne, handicapés). À première vue, pas de problèmes de drogue, reçu premier en psychisme (P.1), en communion de pensée avec notre fille. Un garçon auquel, j'insiste, nous n'avons rien à reprocher (sinon de ne pas correspondre à nos souhaits de solide gaillard).

Mais tout cela n'est pas une raison pour accepter de l'installer ici. Césarine ne le connaît que depuis quelques semaines, ce serait le pire service à lui rendre ; nous devons le lui faire comprendre. Dès ce soir.

– Avant qu'il ne formule sa demande de couchage extérieur, approuve Albin.

Lui aussi, le couchage extérieur l'a turlupiné toute la journée ; quel réconfort de regarder dans la même direction lorsque c'est celle de l'inconnu.

– Où est-elle ?

– À son cours de danse sacrée.

– C'est plutôt bon, ça ?

La danse sacrée favorise la qualité de la relation avec autrui. Avant une conversation épineuse, cela ne peut être mauvais.

– Je lui parlerai moi-même, décide Albin.

Eh oui, c'est cet homme-là que j'ai épousé !

Après le dîner, durant lequel Césarine nous confie avec émotion que Félix nous trouve épatants, bref, qu'il nous a déjà adoptés, sur un signe autoritaire d'Albin je me retire à la cuisine, dont j'oublie de refermer la porte et où je fais derechef tinter la vaisselle pour montrer à ma fille que je suis calme et détendue, dans le cours d'une soirée comme les autres. Le sang bat violemment à mes tempes, qu'attend Albin pour se lancer ?

– Voilà, se décide-t-il, après quelques travaux d'éclaircissement de gorge, il faut que je te dise quelque chose : ta mère est un peu ennuyée.

SA MÈRE ? Je précipite une poêle sur le carrelage pour montrer ma désapprobation devant tant de lâcheté.

– Ennuyée, maman ? s'inquiète ma fille chérie.

Mais qu'est-ce qui se passe ? C'est son travail qui va pas ?

– Au contraire, au contraire, son travail va très bien, même très très bien, lambine le père, honteux de se savoir démasqué et cherchant comment rattraper les choses. Mais voilà, c'est cette histoire de… comment appelles-tu ça déjà ? Ah ! oui, cette histoire de «couchage extérieur» qui la… qui nous tracasse. Bref, nous ne souhaitons pas que tu installes Félix ici.

C'est quand même dit ! Par l'ouverture de la porte, j'aperçois le visage de Césarine : stupéfait. Et s'il n'avait jamais été dans les intentions de Félix de prendre chez nous son couchage extérieur ? Si nous venions d'en donner l'idée à notre fille ? Je maudis ma sœur.

– Et pourquoi ça vous tracasse ? se désole Césarine. On a la place, non ?

La chose était prévue ! Je maudis quand même Édith.

– Ce n'est pas une question de place, répond Albin plus fermement, à présent que le gros a été exprimé. Installer ici ce garçon serait te rendre le plus mauvais des services.

– Mais puisqu'on s'aime ! brame Césarine.

Mon cœur se fend. L'argument a touché également le père, qui garde le silence durant quelques instants

– Loin de moi l'idée de mettre tes sentiments en doute, reprend-il avec tendresse. Mais, si je ne me trompe pas, Félix est ta première… expérience. Tu ne le connais que depuis quelques semaines… Tu dois prendre le temps de réfléchir. Ne te ferme pas d'emblée les autres portes.

Cri indigné de Césarine :

– Les autres portes ? Mais je ne suis pas une maison de passe, moi.

Silence atterré d'Albin, mouvement dans le salon, irruption de Césarine à la cuisine où, la poêle cabossée à la main, je suis effondrée sur le tabouret.

– Il te plaît pas, Félix ?

– Mais si, mon trésor, il me plaît beaucoup.

– C'est le champagne qui t'a donné des aigreurs?

– Rien à voir avec le champagne.

– Alors pourquoi tu veux pas de lui? C'est le linge dans la machine, t'as peur qu'elle s'use?

Je maudis la machine. Suivie par Césarine, je reviens au salon afin d'être deux dans l'épreuve. Albin a disparu. Je maudis Albin.

– Attends au moins d'avoir terminé tes études, et Félix ses handicapés.

Ma fille tombe sur le canapé, un coussin serré contre sa poitrine ce qui, comme chacun sait, signifie le désir de retour au sein de la mère.

– Mais si tu nous chasses, où veux-tu qu'on aille, maman? demande-t-elle d'une voix lamentable.

Un cri jaillit de ma poitrine:

– Mais je ne te chasse pas, toi!

– Tu sais bien que Félix et moi c'est pareil.

Je tombe à côté d'elle, j'ai la gorge comme du plomb. Comment, mais comment font les parents qui, envers et contre tout, campent sur leurs positions? Comment a fait Édith? Je m'efforce de regarder ailleurs, vers la nuit dernière.

– De toute façon, l'appartement ne s'y prête pas. Il est trop sonore.

– Trop sonore?

Dans quelle galère me suis-je embarquée. L'œil de Césarine me scrute. Elle ne me lâchera que j'aie tout avoué.

– Alors?

– La nuit… en certaines circonstances.

Je n'ai pas dit: «En faisant ça», Édith serait contente de moi.

Le rire de ma fille éclate; elle lance son coussin en l'air.

– Alors c'est pour ça? Mais fallait le dire tout de suite, m'man. Tiens, voilà qui m'étonne pas de papa, prude comme il est! Pauv' papa!

Le bruit d'une porte se refermant parvient à mes oreilles, signe que le «pauv' papa» ne tient pas à en apprendre davantage, ni sur son compte ni sur les «certaines circonstances». L'eau coule avec fureur dans la salle de bains.

– Vous savez, vous pouvez y aller aussi, déclare Césarine gaiement. Et faites autant de bruit que vous voudrez, on s'offusquera pas.

Cruelle jeunesse! Parce que nous nous embrassons volontiers sur la joue, son père et moi, qu'il prend mon bras dans la rue et ma main au cinéma, dans sa tête pleine de nuages roses, Césarine en conclut que nous goûtons encore des nuits brûlantes. Et sa réflexion: «Vous pouvez y aller», me rappelle douloureusement qu'on n'y va presque plus. Nous sommes maintenant, Albin et moi, comme deux bûches dans le lit matrimonial. Certes, deux bûches liées par les mille habitudes, les souvenirs communs qui entretiennent le petit feu de la tendresse, mais deux bûches quand même; plutôt au stade braises défaillantes que grandes flambées. Et, alors que vous pensiez vous être fait une raison, avoir tiré un trait sur cet aspect essentiel de toute union, voici que monte la nostalgie. Eh oui, à vous aussi il arrivait de tout oublier! Et même, une fois, un fer à repasser sur programme coton, qui après avoir traversé la chemise, la planche puis le plancher, nous avait valu l'arrivée des pompiers, quel souvenir! Le courtier en assurances avait eu bien du mal à prouver l'incident technique.

– Solution! s'écrie Césarine. On squatte Lionel.

– Squatter Lionel? Tu es folle? Tu connais ton frère: sa chambre est sacrée. D'ailleurs, il y a laissé toutes ses affaires.

– À commencer par ses splendides carnets scolaires. De quoi rendre impuissantes des générations de Bellac, ricane Césarine. Au cas où tu l'aurais oublié, maman, je te rappelle que Lionel habite à mille kilomètres d'ici et que, vu sa légendaire intuition, il a peu de chances de deviner.

– Mais imagine qu'il passe!

Voilà que je ne me bats plus pour que Félix ne s'installe pas ici, mais pour préserver la chambre de mon fils. Je me maudis.

– Une vie sans risque n'est pas une vie, récite Césarine, reprenant l'une de mes maximes préférées.

C'est ainsi que le désolant: «Ta mère est un peu ennuyée» d'Albin, nous a conduits à installer le bébé couple dans la chambre de Lionel; en somme à l'agrandir puisque notre fille n'a pas pour autant abandonné la sienne.

Les quatre semaines d'apprentissage pour son poste de solidarité nationale accomplies, Félix a pris son couchage extérieur sous notre toit et Édith a triomphé.

CHAPITRE 6

Je suis dans mon perchoir, face à une délicieuse championne de tennis : Agathe, douze ans.

Ses parents se désespèrent car depuis quelque temps la voilà prise de boulimie : elle avale tout, à commencer par ce que son entraîneur lui interdit. Elle a déjà pris trois kilos.

On me fera remarquer que ce cas relève davantage d'un psychologue que d'une femme qui n'a jamais réussi à mettre un nom sur son métier. Mais peut-être est-ce justement à cause de ce manque de précision que le bouche à oreille m'envoie tout et son contraire : « Ça ne va pas ? Allez donc voir Mme Bellac, elle vous dira. » De chercheuse de moteur, il me semble parfois être devenue gare de triage, mon travail se résumant le plus souvent à diriger mes clients vers l'un ou l'autre spécialiste plus qualifié que moi.

Toujours est-il que j'ai sous les yeux, cet après-midi-là, une petite fille parfaitement équilibrée qui n'a trouvé que ce moyen – sa balance – pour signifier à ses parents qu'elle en avait assez de la compétition et voulait vivre comme les copines, prendre du bon temps, flirter, se bourrer de frites, de crèmes glacées, et surtout ne plus passer tous ses loisirs à galoper après une balle.

Lesdits parents, que, selon mon habitude, j'ai d'abord reçus seuls, m'ont affirmé qu'ils n'avaient jamais obligé Agathe à viser les hautes sphères du tennis ; c'est elle qui a choisi.

Qu'ils croient… sans doute de bonne foi. La vérité est qu'ils placent tant d'espoir en la pauvre enfant, expriment une telle joie à chacune de ses performances, qu'elle se sent prisonnière de leur rêve, en quelque sorte détentrice de leur bonheur. Accablée par ce poids, ne sachant comment s'en libérer sans perdre leur amour, elle leur dit « non » par l'intermédiaire de son corps.

Et moi, je fais quoi dans l'histoire ? Si je leur dis la vérité : Agathe ne montera jamais sur un podium, on ne devient pas champion malgré soi, ils refuseront de me croire. C'est eux qui devraient consulter un psy.

Nous venons de faire un pas important : après deux séances de quasi mutisme, la petite a accouché d'un libérateur « Le tennis, madame, à vrai dire, ça me fait c… », quand le téléphone sonne.

– Madame Bellac ?

Une voix féminine, claire, ferme.

– Oui. Qui me demande ?

– Je suis madame Legendre.

Legendre… Legendre… « Inconnue au bataillon », pourrait dire Césarine qui se divertit à parler militaire et ouvre sa journée par un joyeux : « La quille ! »

– Que puis-je faire pour vous ?

– Mais je suis la maman de Félix !

J'en reste sans voix. La maman ! La pauvre maman dans son appartement lilliputien… Ah ! ce n'est pas elle qui pourrait utiliser un élégant téléphone sans fil comme le mien.

Je m'efforce de sourire à Agathe :

– Tu m'excuses une minute ?

– Ne vous excusez pas, répond vivement la voix, là-bas, dans les dix mètres carrés. Recevoir Félix, c'est si généreux de votre part. Je tenais à vous remercier.

Que dire ? « Il n'y a pas de quoi ? C'est tout naturel ? » Oh si, il y a de quoi ! Et ce n'est pas naturel du tout. Voilà près de six mois que, sans nous en avoir demandé l'autorisation, l'œuf de coucou a pris ses quartiers chez nous. Six mois que chaque soir il s'assoit à notre table devant un rond de serviette à son prénom (cadeau de Césarine), à moins que, pour varier les plaisirs, ils ne choisissent de faire la dînette dans leur suite (la chambre de Césarine, plus celle de Lionel). Cent quatre-vingts nuits que l'oiseau nocturne – ils n'éteignent jamais avant minuit – évite de tirer la chaîne aux toilettes, après avoir sacrifié aux besoins naturels, afin de ne pas troubler notre sommeil, fait vibrer les tuyaux de la salle de bains à six heures trente du matin, s'envole à sept après avoir mis la cafetière en route – cérémonial autrefois réservé à Albin et qu'il adorait –, et fait griller pour nous, d'avance, des tartines que nous mangeons dures comme du bois. Pour déjeuner, si son handicapé dépendant du jour ne le nourrit pas, Félix emporte un en-cas. «Peux-tu acheter du pâté normand aux pommes, m'man? C'est celui qu'il préfère.» Le moyen de refuser du pâté normand aux pommes à un conscrit féru de solidarité nationale?

Je bredouille à l'appareil un lâche: «Ne me remerciez pas.» J'ai la rage contre moi. Agathe a sorti de son sac à dos un paquet de bonbons-serpents qu'elle déguste à la chaîne en me fixant d'un œil vengeur.

«Je voulais aussi vous demander si, par hasard, vous n'auriez pas rencontré son père?» reprend madame Legendre.

Le père, maintenant! Et pourquoi pas la grand-mère? Ce n'est pas un moulin, ici. C'est mon perchoir où nul n'est censé me déranger durant mon délicat travail. Je réponds sèchement:

– Non, madame, je n'ai pas vu le père de Félix, je n'ai pas eu cet honneur.

– C'était juste pour savoir, s'excuse la voix au bout du fil. Puis je vous laisser mon numéro au cas où?

Au cas où quoi? Je note dans un brouillard. Nous nous saluons et je raccroche, accablée.

– Madame?

En un geste de solidarité, Agathe me tend son paquet de bonbons-serpents. J'en prends un, tout mou, verdâtre, infect. Où en étions-nous? Ah! oui:

« Le tennis, ça me fait c… » Je me penche vers elle. La pauvre maman de Félix m'a donné soif d'un langage vrai.

– Dis à tes parents que c'est eux que je veux voir la prochaine fois. Tous les deux ensemble si possible.

– Et qu'est-ce que vous leur direz? demande la petite avec inquiétude.

– De te fiche la paix!

Avec des gants, bien sûr. Mais si je les tenais, là, maintenant, je leur enverrais dans les gencives que s'ils tiennent absolument à avoir une fille obèse, qui de toute façon ne gagnera pas un set au tennis, ils n'ont qu'à continuer comme ça: à la vouloir championne pour se venger de ne l'avoir été eux-mêmes en rien! Na!

Agathe est ma dernière cliente, une chance! Après l'avoir raccompagnée jusqu'à la porte et invitée à revenir tant qu'elle voudra, mais sans ses répugnants serpents, je mets le perchoir sur répondeur et dégringole l'escalier intérieur. La mélopée qui monte de la chambre de Césarine indique qu'elle est de retour. Je m'y glisse après m'être déchaussée.

Cette chambre – l'ashram – est désormais consacrée au yoga; le lit-tiroir est passé chez Lionel. Tissus indiens aux murs, tapis épais sur le sol, portrait de la déesse Shiva. Pour l'heure, ma yogi, en posture sur la tête, irrigue son cerveau. Je prends place sur l'un des nombreux coussins. Elle tourne les yeux vers moi.

– Maman?

– Juste une question, ma chérie : tu connais la mère de Félix?

– Je l'ai rencontrée une fois dans sa boutique.

– Elle a une boutique?

– De fringues. Faut bien qu'elle survive. C'est elle qui les crée, très bien d'ailleurs, très *in*.

À creuser.

– Elle vient de m'appeler là-haut. Elle voulait savoir si j'avais rencontré le père de Félix.

– Lequel? demande Césarine.

– LEQUEL ?

– On se calme, dit ma fille en retombant gracieusement sur ses pieds. On libère le diaphragme. On n'est plus qu'une algue balancée par la mer. Ça va mieux ? Tu ressens une chaleur ? Félix a deux pères : le vrai-faux qui l'a engendré, puis laissé tomber comme une vieille chaussette, et le faux-vrai qui l'a élevé. Le géniteur et l'éducateur, si tu préfères.

C'est Édith qui appréciera ! Deux pères absents du foyer. Tandis que je m'applique en vain à n'être plus qu'une algue, Césarine place une casserole sur un réchaud branlant installé entre tentures et tapis, qui mettra le feu à la maison un jour prochain, c'est sûr. (Demander à Albin de vérifier le contrat d'assurance incendie.) Dans la casserole, elle jette une poignée de feuillage, verse la décoction dans la théière chinoise, en remplit un dé à coudre qu'elle me tend religieusement.

– Pour les états fébriles.

J'apprécie. D'une voix déjà plus calme, je m'enquiers :

– Et que font les pères ?

– Le premier, de l'import-export. Il vit en Amérique. Il est plein de blé. L'autre, je sais pas trop depuis le divorce. Je crois qu'il est ratiboisé. Pour Félix, c'est pas drôle. Trouver son modèle là-dedans, je te dis pas ! Heureusement que maintenant, il a papa !

J'avale le choc du troisième père avec un dé à coudre supplémentaire.

– C'est fini pour l'enquête de police ? se renseigne gentiment Césarine qui s'est installée en face de moi dans la posture du diamant (recommandée après celle sur la tête).

Une bouffée de chaleur monte : non, ce n'est pas fini ! Je ne fuirai pas la vérité comme les parents d'Agathe. Cette fois, j'irai jusqu'au fond du problème. Je vais profiter de cet instant de confiance pour poser la question qui, jour et nuit, nous lancine Albin et moi.

QUE FERA LE COUCOU, SON SERVICE TERMINÉ ?

Il peut paraître ébouriffant que nous ne l'ayons pas posée après bientôt six mois de cohabitation forcée. C'est que nous nous mettons la tête dans le sable : la réponse nous fait trop peur. Car nous avons étudié les différentes hypothèses : deux, deux seulement. Après le service, Félix, qui aura vingt-trois ans, décide de se lancer dans la vie active, comme on dit (il serait temps), mais avec son deug de philo aucune porte ne s'ouvrira devant lui. Ou il choisit de retourner à l'université pour, cette fois, reprendre des études qui servent à quelque chose. Dans les deux cas, il reste à la maison.

Aussi charmant qu'il soit, autant en communion de pensée avec Césarine, Albin et moi refusons cette perspective.

Je tends mon dé à coudre pour une troisième ration et lance d'une voix enjouée :

– À propos, ma chérie, ton Félix a-t-il des projets pour après ses handicapés ?

Durant le bref silence qui suit, Édith déploie sur moi ses ailes tutélaires, le fantôme de la mère aux fringues très *in* passe entre ses deux ex-maris.

– Mais plein, plein de projets, s'écrie Césarine. Bien sûr, Félix pourrait choisir d'aller plus loin dans ses études ; jusqu'à l'agreg. Mais qui s'intéresse à la philo aujourd'hui si c'est pour n'avoir rien au bout ? Il a décidé de chercher une formation. Du côté de la mer, ça lui plairait bien. Il est fasciné par la mer. Ça doit être à cause du père import-export qui n'arrête pas de bourlinguer.

Une formation du côté de la mer : la miraculeuse troisième hypothèse ! Je me retiens pour ne pas applaudir. La mer la plus proche de notre duplex est à deux cent trente kilomètres. Et qui dit qu'avec le père import-export, ce ne sera pas plutôt l'océan Pacifique ? L'avenir s'ouvre.

J'ai hâte qu'Albin rentre pour lui annoncer la bonne nouvelle. Finalement, elle n'est pas si mal tombée, notre Césarine. Un coucou bien élevé, généreux, discret et qui a sa petite jugeote : la philo ne mène à rien. (Mais pourquoi diable l'avoir choisie ?)

– Sans compter, ajoute Césarine, en prenant des airs compétents, que Félix aura la Sécu pendant au moins un an après le service. La Sécu plus le pécule, ça lui laissera le temps de se retourner.

– Le pécule ?

– Les mille sept cents balles d'alloc qu'il touche par mois pour le couchage extérieur : logement et bouffe. Ça devrait faire dans les quinze mille.

C'est bien la première fois que Césarine arrive au bout d'une addition. Moi, comme l'horrible pingre que je suis, je note que le pécule a été amassé à nos frais. Pendant que j'y suis, pourquoi n'y ajouterais-je pas la note de téléphone et *Flibustier*, dont j'ai dû acheter un autre flacon au moyen duquel je réapprovisionne clandestinement le premier afin d'éviter les chicanes ?

– Puisqu'on est dans les projets, reprend Césarine avec enthousiasme, tu sais que le service de Félix se termine fin juillet prochain ? (Et comment, je le sais !) Ce serait chouette si on pouvait aller se retaper au *Roncier* en août avant de se lancer.

Le Roncier est un modeste mas dans les Maures, hérité par Albin de son père. Lionel en profite durant toute l'année puisqu'il habite Toulon ; il nous sert en quelque sorte de gardien. En août, tandis qu'il monte avec sa famille vers les climats plus vivifiants de la Haute-Savoie, nous descendons chercher là-bas *sun and sea*.

La mer... Tout ce qui pourra ancrer la vocation de Félix !

– Mais pourquoi pas, ma chérie ?

Trop tard, c'est dit lorsque je réalise que le bébé couple a décidé de passer ses vacances avec nous.

La porte d'entrée claque. Voix d'Albin :

– Il y a quelqu'un ?

Une habitude qu'il a. Et moi de répondre chaque fois :

– Il y a ta chère et tendre épouse.

Ma fille se tourne vers moi, les yeux humides de reconnaissance.

– C'est si triste, les familles qui éclatent ! Nous, on a de la chance. Merci, m'man.

DEUXIÈME PARTIE

Le coucou

CHAPITRE 7

Chaque matin, après le petit déjeuner pris sur la terrasse dans l'odeur des pins et le chant vibrant des cigales, Césarine s'entraîne pour l'avenir en initiant ses «vieux» au yoga.

Il faut reconnaître à son actif qu'elle ne s'est jamais livrée au prosélytisme avec nous, acceptant d'emblée qu'à notre âge nous ne tenions pas à faire abstraction d'attaches matérielles bien ancrées pour rejoindre notre essence profonde. Mais la voilà munie de son diplôme de prof (non homologué); dès son retour à Paris, elle se lancera. Le moyen de refuser?

La séance ne dépasse pas trente minutes et nous avons obtenu nos week-ends. Travail ardu pour notre fille car Albin est asservi à ses lombaires et moi à un début d'arthrose cervicale. Nous avons été avertis: l'avance sur le chemin de la libération sera lente.

Félix a été dispensé.

– Tiens! Et pourquoi ça?

– Il est naturellement yogi, déclare Césarine admirative.

– C'est-à-dire?

– Cœur et corps naturellement accordés.

– C'est bon, ça, à ton avis, cœur et corps accordés? interroge Albin, lors d'une de nos promenades dans le verdoyant massif des Maures au cœur duquel se trouve notre *Roncier*.

– Tout dépend sur quoi ils s'accordent.

En attendant, entre eux, jamais un mot plus haut que l'autre. L'osmose sans ride.

– C'est bon, ça, l'osmose sans ride ? s'inquiète Albin. Tu dis toujours : « Rien de tel qu'une bonne dispute pour cimenter un ménage. »

Je ne sais plus.

Chaque après-midi, nous allons prendre un bain de mer. Le bébé couple refuse obstinément de nous accompagner.

– Se jeter sur des routes bondées pour atterrir dans une fourmilière, non merci ! déclare Césarine.

– Mais puisque Félix adore la mer…

– Pas cette mer-là. Et puis il a mal au cœur en voiture.

Il est vrai que la première plage est à trois quarts d'heure du *Roncier* et que la route tournicote beaucoup. À propos de voiture, nous avons eu une mauvaise surprise : Félix n'a pas son permis.

– Mais aujourd'hui, TOUS les jeunes ont leur permis !

– Eh bien lui, il tient pas à suriner son voisin pour un pied de nez ou une queue-de-poisson ! Et, de toute façon, moi, je l'ai.

… Après quatre tentatives qui nous ont coûté les yeux de la tête. Une victoire qui, chaque fois que Césarine nous emprunte la voiture, met en péril la vie d'innombrables innocents. Nous comptions sur le solide gaillard pour s'emparer une fois pour toutes du volant.

Malaise ! Le coucou a « choisi » de ne pas passer le permis. Nous sommes allés nager sans eux.

– À ton avis, lequel influence l'autre ? demande Albin tandis que, sous un soleil furieux, nous avançons, pare-chocs contre pare-chocs vers la fourmilière, dans un joyeux bruit de klaxons.

– Aucun ! C'est ça, la communion de pensée !

Et je suis en train de me demander si la philo ne ferait pas bon ménage avec le yoga. Quelle plaie que Césarine soit allée traîner du côté de ce champ de maïs !

– Reconnais qu'il est parfait dans une maison, me console Albin.

Un rêve! Pas une fois je n'ai eu à mettre le couvert, étendre le linge, secouer la salade. Le plateau d'apéritif est toujours prêt une heure à l'avance et les nuits sont calmes, la chambre du bébé couple étant éloignée de la nôtre. Durant la journée, on ne les entend pas. Plutôt que de parler, ils murmurent (autre point commun), et le spectacle de la nature, les B.D. de Lionel, la télévision semblent suffire à leur bonheur.

Félix adore *Le Roncier*.

Par Césarine, nous avons un peu progressé dans la connaissance de la famille. Pourquoi ai-je failli écrire «la famille adverse»? On venait de fêter l'âge de raison de Félix lorsque le père import-export s'était barré direction l'Amérique.

Je profite d'un instant de qualité, où nous partageons l'épluchage de haricots verts, pour poser une question indiscrète.

– Pourquoi s'est-il barré, le premier mari?

– Il bourlinguait tout le temps, Ingrid n'a pas voulu suivre: il l'a jetée.

– Et le second mari, il a jeté aussi cette pauvre Ingrid?

– Au contraire, c'est elle. Incompatibilité d'humeur.

Je me sens un peu perdue dans tous ces rebuts de famille. Oh! Albin, quelle douce certitude de savoir que nous ne nous jetterons jamais!

– Et en ce moment, que fait-elle, Ingrid? A-t-elle pu prendre un peu de repos, au moins?

C'est un été bouillant. La chaleur doit être intenable sous le toit du dix mètres carrés.

– Sa collection a bien marché. Elle est partie pour les Seychelles.

La collection, les Seychelles, les maris, les dix mètres carrés... cherchez l'erreur. Chaque fois que vous croyez avancer, vous vous enfoncez un peu plus.

L'œil de Césarine couve Félix en train de mettre le couvert sur la terrasse.

– En tout cas, lui, tu trouves pas qu'il est craquant ?

– Je vais lui parler d'homme à homme, décide Albin.

Les vacances tirent sur leur fin et tout ce que nous savons des projets du coucou est qu'il est fasciné par la mer. (Bien qu'il n'ait pas éprouvé, en trois semaines, le besoin d'aller l'admirer une seule fois.)

– Vois-tu, je crains un tout petit peu qu'il reste chez nous le temps de trouver cette formation, avoue Albin. Je vais essayer d'en savoir davantage. Débrouille-toi pour éloigner ta fille ; je ne la veux pas dans mes pattes. C'est crispant, cette manie qu'elle a de toujours répondre pour lui !

Une opération vide-greniers a lieu samedi prochain dans un village éloigné d'une vingtaine de kilomètres. Je demande à Césarine de m'y accompagner.

– Félix peut venir ? Il adore les vide-greniers, les vide-caves aussi. Et il a l'œil ! Il fait partie d'une association de troc.

Tiens ? Je remets à plus tard le moment de creuser l'information, ainsi que les Seychelles, les maris et la collection de la pauvre maman.

– Ça me ferait tellement plaisir d'y aller «entre filles».

Faire plaisir à sa mère, Césarine n'y résiste jamais et, ce matin-là (le cours de yoga a été annulé), nous nous mettons en route avant que la chaleur ne soit trop accablante. Albin aura devant lui presque trois heures pour sonder le coucou. Parfait !

Lorsque nous revenons, ils devisent sur la terrasse, à l'ombre du frêne pleureur. Le couvert est mis, la salade de tomates à la feta et au basilic préparée, le vin blanc au frais, le barbecue en route. Sourire habituel de Félix, visage impénétrable d'Albin. En posant les côtelettes sur le grill, il me glisse : «C'est plutôt bon!» Soudain, j'ai une faim de loup. Sitôt la dernière bouchée avalée, nous filons faire la sieste.

– C'est bien du côté de la mer, me confirme-t-il tout de suite. Et rassure-toi, les débouchés ne manquent pas. Entre l'aquaculture, la conchyliculture...

– La conchy quoi ?

– L'élevage des coquillages, ne m'interromps pas tout le temps. Le repeuplement des océans et la protection des espèces, tout est à faire. Félix n'aura que l'embarras du choix.

Nous sommes allongés l'un près de l'autre dans une agréable pénombre. L'été vibre soudain plus gaiement derrière les volets. Dans le salon, ce bruit de fond indique que la jeune génération regarde la télévision. Si! L'un a bien influencé l'autre : Félix a donné à Césarine le goût du petit écran, un moyen selon lui de se vider la tête. Pas faux !

– J'hésitais à te le dire : il y a un petit hic, dit Albin.

L'été se tait, mon cœur se serre. Je regarde ce cher Albin qui aurait tant voulu mettre dans ma corbeille de mariée une assurance à vie anti-soucis et qui soupire comme un damné.

– Allez, dis-la, cette catastrophe !

– Félix ne sait pas nager.

– MAIS TOUT LE MONDE SAIT NAGER !

– Détrompe-toi, ma chérie. Nombre de vieux marins-pêcheurs n'ont jamais appris, je l'ai lu dans une revue spécialisée.

– MAIS FÉLIX N'EST PAS UN VIEUX MARIN-PÊCHEUR !

Albin est bien obligé d'en convenir. Voilà donc pourquoi Félix fuyait la plage. Malaise, malaise ! Refus de conduire... Refus de nager. Et nager, même si elle a son brevet de secouriste, Césarine ne pourra jamais le faire pour lui.

– Tu sais ce que je pense ? C'est le père import-export, dit Albin d'un ton pénétré. Il jette sa famille, il disparaît sur les flots. À la fois, la mer doit fasciner Félix et lui faire horreur : la mer, le père, l'absence...

– Monsieur joue au psy, maintenant ?

J'ai parlé méchamment, exprès. C'est l'angoisse.
Albin ne relève pas, bien trop occupé à caresser d'un
regard de rentier son propre père, à l'honneur sur la
commode provençale : cet Eugène qui, non seulement l'a engendré, mais l'a élevé et lui a laissé en
héritage son cabinet d'assurances et cette maison.
Son père unique : un privilège aujourd'hui.

– Après tout, il n'est pas obligatoire de savoir nager
pour remplir une fonction près de la mer, remarque-
t-il avec un solide bon sens. Crois-tu que ceux qui tra-
vaillent dans l'aéronautique savent tous piloter ? Et,
pour te rassurer, il y a une chose indéniable : Félix est
un garçon qui sait compter !

Il a exposé à Albin que, sortant du service militaire, outre la Sécu, il aurait droit, durant six mois, à
des indemnités journalières.

Bref, il ne se retrouvera pas sans un ! (N'oublions
pas le pécule.)

– Il m'a même offert de payer son écot, m'apprend
Albin.

– Tu as refusé, j'espère.

– J'ai pensé un instant que ce serait une façon de le
responsabiliser. Puis je me suis dit qu'il pourrait être
dangereux de l'installer chez nous comme locataire.
Il éclate d'un rire faux : les locataires ventouses, tout
le monde connaît ça. On a même créé une assurance
spéciale.

Mon rire sonne aussi faux que le sien :

– Est-il trop tard pour en prendre une à titre pré-
ventif ?

– Soyons sérieux, reprend-il. Imagine que Césarine se lasse de lui, ou lui d'elle, bien entendu, tout
peut arriver. C'est pourquoi j'ai trouvé plus sage de
dire non.

Sur ce, Albin s'est tourné de l'autre côté et il a commencé à ronfler. Bien que rêvant pour son épouse
d'une assurance anti-soucis à vie et «hésitant toujours
à me le dire», il n'a rien de plus pressé, au premier
pépin, que de s'en décharger sur moi et après il se
retrouve tout léger.

J'ai appelé Shiva à mon aide. Les yeux clos, j'ai essayé de décrisper mon cuir chevelu, délacer le nœud dans ma gorge et unifier mon flux mental. Impossible.

Car, sondant mes profondeurs, comme me l'enseignait Césarine, qu'y trouvais-je? Un noir dessein: qu'elle se lasse, oh! oui, qu'elle se lasse. Qu'elle le jette!

CHAPITRE 8

Que Félix sache ou non nager, j'ai promis à ma pauvre fille d'étrenner ce soir la fripe qu'elle m'a convaincue d'acheter dans le village vide-greniers : une robe de gitane qui a sûrement de beaux jours derrière elle, un investissement sûr, paraît-il, la robe culte de l'hiver prochain.

– La robe culte ? Comment tu sais ça ?

– La maman de Félix.

– Tu l'as revue, la maman de Félix ?

– Avant le départ pour les Seychelles.

À creuser.

Pour m'assortir à ma fripe, j'abuse du maquillage et suspends deux larges anneaux à mes oreilles. Le miroir me renvoie une image pas déplaisante, ma foi ! Décidément, tout me va ! Certes, le décolleté est osé, mais depuis l'inconscient et cruel : « Vous aussi, vous pouvez y aller », de Césarine, j'ai décidé de séduire mon mari. Pourquoi pas ? Sophia Loren a mon âge et elle fait encore des ravages.

Juchée sur des escarpins sang de bœuf je fais mon entrée en terrasse à l'heure de l'apéritif. Félix reste sans voix (ça, ce n'est pas nouveau), Césarine applaudit, Albin change de lunettes pour mieux m'admirer.

– Mais pourquoi tu t'es habillée en rideau ?

Piquée au vif, j'esquisse une danse du ventre pour faire comprendre à cet ahuri que je suis autre chose que du tissu d'ameublement, lorsque des aboiements furieux retentissent dans le jardin : le bouvier des Flandres, précédant Édith et son mari.

Subjuguée par le spectacle, ma sœur cale. Jean-Eudes neutralise la bête féroce.

– Mais quelle merveilleuse surprise ! s'écrie Césarine.

– Pardon de troubler une fête, déclare Édith en reprenant sa marche. Figurez-vous que nous remontions vers Paris lorsque nous est venue l'idée de faire un crochet pour vous embrasser.

Menteuse ! Menteuse ! Elle a tout calculé, je le sais, y compris cette heure tardive qui nous obligera à les retenir à dîner, pourquoi pas à coucher ? Le crochet était prémédité : Édith est venue voir si Félix était là.

Je me suis bien gardée de lui révéler qu'il prenait ses vacances au *Roncier*. Elle l'a flairé. Et elle n'a d'yeux que pour le pauvre petit – « Puis-je vous appeler Félix ? » – qui, sans rien deviner de ses sournoises manœuvres, lui avance un siège et propose de lui confectionner un cocktail maison. Césarine est aux anges, Albin parti dans une discussion avec Jean-Eudes (pompes funèbres) sur les nouveaux contrats assurances obsèques qui permettent, le jour venu, à la famille éplorée de se consacrer à sa seule douleur sans avoir à ouvrir son porte-monnaie.

Ma robe culte n'intéresse plus personne. Je me sens soudain déguisée, ne manquait plus qu'Édith, désignant mes boucles d'oreilles :

– Tu ne crois pas que tu en fais un peu trop avec tes anneaux de rideaux ?

J'ai la rage.

Ils sont restés dîner. J'ai remis jean et savates et personne ne s'est aperçu de rien. Au menu, il y avait des pâtes au pistou, ça tombait bien. J'ai doublé la quantité. Félix a pilé l'ail, Césarine s'est chargée du couvert, Édith n'en a pas fichu une rame pour ne pas gêner. À table, elle s'est placée d'autorité à côté du coucou.

Vingt jours ! Il nous avait fallu vingt longues journées pour oser poser à Félix la question capitale. Il n'a pas fallu cinq minutes à Édith.

– Au fait, vous faites quoi à la rentrée, mon petit Félix ?

En clair : « Allez-vous arrêter de squatter ma sœur ? »

– Si seulement son deug de philo ne comptait pas pour du beurre ! s'est indignée Césarine.

– Tiens, je croyais que c'était l'agreg ! a remarqué Édith qui n'oublie jamais rien, *a fortiori* les petites faiblesses d'autrui.

Albin, légèrement éméché par le cocktail maison que, dans l'intimité, il appelle le « tueur », a frappé son verre avec un ustensile en métal pour réclamer le silence.

– Dès la rentrée, Félix s'engagera dans un parcours individuel de formation modulaire du côté de la mer.

J'en connais une à qui ça en a bouché un coin. Pas longtemps.

– Je comprends mieux maintenant pourquoi vous l'avez emmené au *Roncier*... bien que la mer ne soit pas tout près, tout près, a-t-elle constaté en déployant des trésors d'hypocrisie.

Pour une fois, le sixième sens n'a pas fonctionné : Édith n'a pas demandé si Félix savait nager.

Mais, sitôt le repas terminé, elle a réclamé un bridge.

Déjà, je ne raffole pas de ce jeu où chacun, même celui qui se prétend votre partenaire, vous regarde d'un œil noir. Mais se colleter avec une seconde série cœur qui, de plus, se trouve être votre sœur, me fait frôler le zona. Albin, qui adore taper le carton et se croit doué, l'innocent, a répondu aussitôt présent, Jean-Eudes a été dressé à toujours dire oui, le bouvier des Flandres aussi, déjà installé sous la table. Sans moi, la partie ne pouvait avoir lieu. Le moyen de refuser ?

Et voilà qu'à ma surprise, bien qu'il soit l'heure de son feuilleton, Félix tire une chaise près de nous. Il écoute les annonces, suit les coups avec la plus grande attention, ne dirait-on pas qu'il comprend ?

– Sauriez-vous jouer, mon petit Félix ? s'enquiert Édith.

– Il n'a jamais tenu une carte de sa vie, répond Césarine, mais il adore regarder. Il faut dire que son père est un champion.

Occupée à compter mes points, je demande distraitement :

– Lequel ?

– LEQUEL ?

Là, c'est Édith qui vient d'en prendre plein la pomme ! Chacun son tour. Une joie mauvaise m'emplit. Je comprends les kamikazes.

– Le second, le faux-vrai, explique machinalement Albin, le nez dans ses cartes, lui-même en pleine ébullition mentale.

– Le faux-vrai ? bredouille Édith qui en laisse échapper son jeu : une première !

– L'éducateur, complète Césarine.

– Il est classé première série pique, annonce modestement Félix.

Cinq crans plus haut qu'Édith qui réclame d'une voix molle quelque chose de frais à boire. Ah ! ah ! c'est elle qui devrait apprendre à décrisper son cuir chevelu ! Ça pourrait lui être utile.

Félix file à la cuisine.

– Depuis qu'il est à la retraite, son père joue chaque jour, nous apprend Césarine. L'accro total, comme toi, tante Édith.

Toujours à l'affût de nouvelles pistes, j'interroge avidement.

– Il est à la retraite, ce père-là ? Et que faisait-il avant ?

– Écrivain, laisse tomber notre fille.

– Mais c'est magnifique, ça ! s'exclame Albin, tout heureux de faire briller le coucou, même par procuration. Et qu'a-t-il donc écrit ? Raconte vite.

– Des essais, des romans, des morceaux choisis, des homélies, une ode, plein de trucs comme ça.

– Et où peut-on se les procurer ? demande Albin, impressionné.

– On peut pas. Il n'a pas trouvé d'éditeur. Il allait trop au fond des choses ; aujourd'hui, on n'édite que les nuls*.

Le fils de l'écrivain méconnu revient avec un verre d'eau qu'Édith avale d'un trait. Il me semble que son regard sur Félix a changé. La littérature, quand même, quel pouvoir !

– Vous avez bien dit que monsieur votre père était première série pique ? demande-t-elle d'une voix frémissante.

Plus tard, alors que nous faisions le lit de nos invités, j'ai demandé à Césarine pourquoi diable Félix ne jouait pas, lui qui semblait si passionné. Entre deux livres (non publiés), son père n'aurait certainement pas refusé de lui apprendre.

– Il n'a pas voulu, a répondu Césarine. Le bridge, bonjour le stress ! Y'a qu'à voir tante Édith, c'est tout juste si elle mord pas la table. Il préfère regarder.

Comme pour la conduite ? pour la nage ?

* Merci, Césarine, preuve est apportée grâce à toi qu'un personnage peut parfois échapper à son auteur.

CHAPITRE 9

Ce soir, j'ai rendez-vous avec le médecin, la visite annuelle. Rien de particulier à lui signaler sinon, depuis que le nom du coucou est apparu sur notre boite aux lettres à côté de celui de Césarine, une lourdeur dans la poitrine, du mal à respirer. Et, alors que j'ai toujours eu un sommeil de plomb, la fameuse insomnie de trois heures du matin où l'avenir apparaît en noir aux plus optimistes. Les cloisons du nez d'Albin, déformées, l'incitant au ronflement (il nie), autant dire que ma nuit est fichue.

J'ai dû prendre la voiture, le docteur Doucet habitant au diable. Lorsque j'arrive à son cabinet, une mauvaise surprise m'attend.

– Le petit garçon de la gardienne a avalé une bille, explique son assistante. Et pas n'importe laquelle : celle qu'ils appellent un « mammouth ». Le docteur a pris du retard.

Le mammouth brille de tous ses feux sur son bureau, preuve du savoir-faire de mon cher médecin. Cela n'empêche que mes paupiettes n'attendront pas. Jamais je ne serai rentrée à temps pour donner l'heure de cuisson nécessaire à leur fondant. Une seule solution : appeler Césarine et la charger d'allumer sous la cocotte, geste qu'elle devrait savoir faire bien que nulle en arts ménagers.

Avec l'autorisation de l'assistante, je forme mon numéro. Deux sonneries, un déclic inhabituel, Mozart... MOZART ? Et une voix masculine que je ne reconnais que trop bien, qui prononce ces paroles incroyables : «Vous êtes bien chez Césarine, Félix Legendre, M. et Mme Bellac. Si vous voulez laisser un message...»

Je raccroche. Perdrais-je la tête ? IL N'Y A PAS DE RÉPONDEUR À LA MAISON.

J'en ai installé un dans mon perchoir, conscience professionnelle oblige. Albin en a un à Hespérus, mais j'ai toujours refusé l'entrée de notre intimité à ce maudit instrument. Le téléphone est devenu le négrier des temps modernes ; il n'est qu'à voir les malheureux, enchaînés à lui dans leur voiture, la rue, les magasins, aux terrasses des cafés et même à l'église, paraît-il... Les esclaves de la communication.

– Il n'y avait personne ? s'enquiert l'assistante.

Je bredouille :

– Au contraire, il y avait trop de monde... excusez-moi, je dois rentrer, je rappellerai.

Je suis déjà dans l'escalier, c'est moi qui ai avalé le mammouth.

Dans le salon, l'appareil normal est à sa place normale. Un élégant sans fil, celui que la pauvre maman, Seychelles ou non, n'aura jamais dans son dix mètres carrés. Il y a de la lumière chez Césarine, ou plutôt chez Lionel. J'y fonce. Est-ce une chambre ou un dortoir ? Bien malin qui pourrait le dire. Lit bateau de mon fils, lit gigogne de Césarine, surface habitable nulle. Pauvre Lionel, s'il voyait ça ! Soudain, sa rigueur me manque : comme j'aimerais m'ennuyer un peu avec lui !

Assise en tailleur sur le sol, Césarine lit. À portée de sa main, branché à une prise fraîchement posée comme en témoignent les éclats de peinture qu'elle n'a pas eu le temps de balayer, l'instrument fatidique.

– Qu'est-ce que c'est que ça ?

– Un «Tout en Un» : téléphone et répondeur. C'est toi qui as appelé tout à l'heure ? Pourquoi t'as raccroché ?

– Qui a composé le message ?

– Ben, nous, Félix et moi. Tu le trouves comment ? Sympa, non ? Avec Mozart, ça fait moins sec.

Cette fois j'explose.

– Mais Césarine, ici, c'est MON appartement, je suis chez MOI. C'est MOI qui décide et je ne veux pas de ce machin.

– Ce machin t'est pourtant bien utile là-haut, répond-elle du tac au tac.

– Là-haut, oui ! Parce que moi, je travaille, figure-toi !

Phrase cruelle s'il en est ! Les yeux de ma Césarine se remplissent de larmes. Depuis notre retour du *Roncier*, il y a deux mois, pas un élève ne s'est présenté malgré affichettes et bouche à oreille. Albin et moi en sommes malades. Sept années d'études ferventes, tant d'espoir, et rien au bout, pauvre jeunesse ! Ah ! je donnerais, elle le sait bien, la moitié de mes clientes pour lui en procurer ne serait-ce qu'une seule.

– Si tu crois que je voudrais pas travailler, chevrote la pauvre petite. Et le répondeur, justement, j'ai pensé que ce serait un plus. J'ose même pas sortir de peur qu'on m'appelle en mon absence. Le yoga, c'est comme pour ton métier, m'man, ça se décide sur une impulsion, et les impulsions, ça revient pas deux fois. Et puis, quand j'aurai mes élèves et Félix sa formation du côté de la mer, il faudra bien quelqu'un pour répondre, non ?

Dieu soit loué : «Ses élèves», elle garde le moral. Deux fois loué, Dieu, si Félix trouve enfin sa fichue formation. Car, de ce côté-là, ça stagne aussi. Ce n'est pas faute de chercher : notre minitel fonctionne en continu (je ne dis pas la facture), Mme Lopez di Erreira, la gardienne, monte des tonnes de documentation (penser à augmenter ses étrennes).

– Mozart, je veux bien, mais pourquoi avoir mis Félix sur le message ? Tu veux la vérité ? Quand je l'ai entendu, j'ai eu l'impression de ne plus être chez moi.

– Là où Félix est, tu seras TOUJOURS chez toi, affirme Césarine avec feu. Et lui aussi attend des réponses. C'est pour ça qu'on s'est mis en priorité puisque papa et toi vous avez trouvé.

– Encore heureux pour vous !

La phrase m'a échappé. Césarine me regarde d'un air incrédule.

– Tu veux qu'on s'en aille, c'est ça ?

Oh ! oui, oui, que Félix s'en aille ! Mais pas en emmenant ma fille. Je bats précipitamment en retraite.

– Je n'ai pas voulu dire ça. J'ai seulement hâte… que vous trouviez tous les deux. Où est-il passé d'ailleurs ?

– Il descend la poubelle pour que tu retrouves une cuisine nickel, répond Césarine avec reproche. Et il t'offre le « Tout en Un ». Savoir comment il l'a eu, ça t'intéresse pas ?

– Mais si, mais si !

– C'est un troc, annonce-t-elle. Je t'ai pas dit que Félix appartenait à une association ?

– Je l'avais oublié. Et qu'a-t-il troqué en échange ?
– Tu devineras jamais : son uniforme militaire.

– SON UNIFORME ? Mais il ne lui appartenait pas. Il appartenait à l'armée.

– Il y a des troqueurs partout, me confie Césarine. Même à l'armée. Même chez les officiers. On le lui a laissé contre sa collection d'étiquettes de fromages.

Je réprime un frisson. À qui Félix a-t-il troqué l'uniforme ? Et si c'était à un espion, un terroriste qui en profiterait pour infiltrer l'armée, donner à l'ennemi des renseignements top secret ?

Lorsque l'ex-collectionneur d'étiquettes de fromages passe la tête dans l'ashram, je sursaute. À la main, il tient la clé de notre porte blindée que Césarine a fait reproduire pour lui. Et si un jour il *la* troquait ?

Son sourire sans malice me rassure un peu. Il désigne l'instrument maudit.

– Alors, il vous plaît ?

– Maintenant qu'on est tous là, on va pouvoir écouter le premier message, propose Césarine. Je parierais que c'est pour toi, maman.

Avec dextérité, elle fait repartir la cassette en arrière, appuie sur une touche, la voix pleine de fiel d'Édith retentit : « Eh bien, je vois qu'on se modernise ! Je serais heureuse qu'Albertine me rappelle. Si Félix et Césarine le permettent, bien sûr. »

Le bébé couple est plié en quatre :

– S'ils le permettent... De l'Édith tout craché !

Je me lève. Avec tout ça, j'ai oublié le dîner. Félix me suit dans la cuisine.

– Je me suis permis d'allumer sous les paupiettes. On ne vous espérait pas si tôt. Comment le médecin vous a-t-il trouvée ? Bien, au moins ?

CHAPITRE 10

Contrairement à Albin qui exerce un métier assommant (chiffres, dommages, préjudices) et qui tire le rideau sitôt refermée la porte d'Hespérus, j'ai toujours, moi qui œuvre dans les hauteurs (l'âme humaine), éprouvé le besoin de parler du mien (qui paraît-il n'en est pas un) à la maison.

Secret professionnel oblige, je ne cite jamais aucun nom et déguise les cas les plus criants, mais comment pourrais-je, en cinquante secondes, le temps de descendre les dix-sept marches d'escalier intérieur qui me ramènent chez moi, évacuer l'angoisse de malheureux parents hantés par une seule question : « Mon petit réussira-t-il dans la vie ? »

On notera la nuance : ils ne disent pas « Réussira-t-il SA vie ? » mais « Réussira-t-il DANS la vie ? » Traduction : non pas « Sera-t-il heureux ? » mais « Nous remplira-t-il de satisfaction en en jetant plein la vue du voisin ? »

Je trouve toujours une oreille passionnée du côté de ma Césarine qui assure que nous nous complétons et regrette de ne pas travailler en tandem avec moi. Ah ! quel air neuf le yoga apporterait à ces êtres asphyxiés par la peur de l'avenir. Et comme, dénoués grâce à elle, ils sauraient mieux guider leurs enfants vers le meilleur d'eux-mêmes et non vers les leurres des conquêtes matérielles !

Le coucou-philosophe approuve de toute son âme. Albin se gratte le crâne, trouvant que les gens se donnent décidément bien du mal pour se compliquer l'existence. N'y a-t-il pas assez de sinistres comme ça, incendies, dégâts des eaux, attentats, cambriolages, etc., pour ne pas s'en créer d'autres ?

Une chose certaine : dans son métier d'assureur, aucune bonne surprise à attendre. Dans le mien, si !

Aujourd'hui, par exemple, alors que j'avais fait mon deuil de sa clientèle, Mme Grosjean, la maman d'Agathe (les bonbons-serpents) est venue me trouver. Elle n'avait pas, évidemment, suivi mes conseils : lâcher les baskets de la petite pendant les vacances, laisser la raquette au vestiaire. Bien au contraire, elle s'était empressée de l'inscrire à tous les tournois de la Côte normande. Résultat ? Contre-performances et trois kilos supplémentaires.

Cette fois, mon ex-cliente m'a semblé mûre pour entendre la vérité : sa fille n'était pas de la graine de championne, elle ne monterait jamais sur un podium, M. et Mme Grosjean devaient renoncer à leur espoir d'être des stars par procuration.

Vu l'état dans lequel la pauvre mère m'a quittée, il m'a semblé avoir été comprise.

Une bonne surprise ne venant jamais seule, lorsque, le soir venu, je redescends mes dix-sept marches, Césarine me tombe dessus.

– Une merveilleuse nouvelle, j'ai ma première élève ! Nous commençons demain.

Cela peut paraître idiot, à cinquante-neuf ans, mais j'entraîne ma fille dans une java endiablée : je suis tellement heureuse ! Je le serais encore davantage si Félix ne s'associait pas à notre bonheur. J'arrête la danse et suis ma fille dans l'ashram. J'ai hâte d'en savoir plus.

– Comment est-elle venue, raconte ?

– Je lui ai pas demandé, répond Césarine. L'essentiel est qu'elle ait appelé.

C'est sûrement grâce aux affichettes ! Pas un arbre, une cabine téléphonique, une vitrine de commerçants du boulevard Saint-Éloi où ne soient placardés notre nom, adresse et numéro de téléphone (avec répondeur).

– Et qu'est-ce qu'elle t'a dit ?

Le visage de Césarine s'illumine :

– Tu le croiras jamais ! Elle a demandé : « Êtes-vous bien le professeur de yoga ? » Carrément !

J'applaudis. Césarine désigne l'ashram où un grand ménage a été fait par le vide. Les dossiers du coucou, ses livres de philosophie, ses mystérieux cartons ont disparu. Ne reste que son vase aztèque sur la cheminée, les tentures, les senteurs exotiques et un matelas au centre de la pièce. Ça fait un peu sacrificiel ; à la place de sa cliente, je n'aimerais pas trop !

– On a transporté le superflu à côté, indique Césarine. Évidemment, maintenant, on peut plus tellement bouger mais priorité au boulot.

Bien entendu, nous avons accepté que, pour commencer, elle exerce ici. Avec quels émoluments la pauvre enfant louerait-elle un local ? Et ce n'est pas le bruit qui gênera les voisins. Ça aurait été plus délicat si elle avait choisi d'enseigner l'art du gong.

– Tu t'arranges comme tu l'entends, dis-je fermement.

Mis au courant de la bonne surprise, tout juste si Albin ne danse pas lui aussi malgré ses lombaires et c'est une joyeuse tablée qui se retrouve bientôt autour d'un muscat blanc. Jamais deux sans trois, Félix nous confie être sur la piste d'une formation qui lui conviendrait, mais chut ! il ne nous dira laquelle que lorsque sa candidature aura été acceptée, les postulants étant plus nombreux que les places disponibles.

– C'est toujours du côté de la mer ? interroge Albin d'un ton hypocrite à souhait.

– Gibraltar, répond sobrement Félix.

Gibraltar ? Oh ! joie ! Et à notre étonnement, la promise espagnole sur la grève ne semble pas s'émouvoir d'une prochaine séparation.

– C'est bon tout ça, c'est même excellent ! se réjouit Albin lorsque nous nous retrouvons dans notre chambre. Gibraltar… Et si les postulants sont nombreux, c'est que la piste a de l'intérêt. As-tu remarqué que, grâce à son élève, l'idée de voir partir Félix, provisoirement bien sûr, ne semble pas trop affecter Césarine? Si tu veux mon avis: ils grandissent, ces enfants.

Le lendemain soir, soumise à la question, Césarine nous apprend qu'elle a vu se traîner jusqu'à elle une pauvre mère de famille au souffle totalement bloqué (j'ai aussi ça dans ma clientèle). Une bonne respiration étant la clé de voûte du yoga, elle va d'abord s'employer à débloquer son diaphragme.

– Un travail de longue haleine.

Affreusement terre à terre, je demande:

– Elle a des sous, au moins?

Césarine prend l'air modeste:

– Elle a payé une session d'avance.

Nous n'en saurons pas davantage: secret professionnel oblige. Mais c'est à coup sûr un professeur remarquable car une semaine plus tard, quatre autres élèves ont rejoint la première – le bouche à oreille, reconnaît-elle – dont une, sans ressources, qu'elle prend gratuitement.

– Tu connais ça, maman.

En effet! Pas plus tard qu'hier j'ai accepté une RMIste à la recherche de son moteur: ma contribution à la solidarité nationale.

Cette fin d'après-midi là, descendant de mon perchoir, je trouve l'appartement désert et toutes les portes ouvertes, dont la blindée. Un changement notable s'est produit dans la chambre de Lionel. Lit bateau et lit gigogne ont fait place à lit fakir: une planche recouverte d'un matelas squelettique: rien qu'à le regarder, la lombalgie s'annonce.

En attendant, c'est le sang qui me monte à la tête. D'accord, d'accord, j'ai permis à Césarine d'arranger sa suite comme elle le souhaitait, je ne l'ai pas pour autant autorisée à vider l'appartement.

Des ahans de bûcherons m'attirent vers l'escalier. Tout en bas, tangue un lit bateau. Je descends les quatre étages en surmultipliée et trouve un petit groupe manœuvrant en direction de la cave. Le groupe se compose de Césarine, Félix et un inconnu.

– Mes hommages, madame, souffle ce dernier.

La soixantaine bien sonnée, bel homme à ce que je peux distinguer sous les mitons, costume trois-pièces, rien du déménageur professionnel.

– Tu tombes bien, maman, tu peux tenir la torche ? halète Césarine. Il est lourd comme la mer, ce pieu.

M'exhortant au calme, je lève la torche tandis qu'au prix d'efforts redoublés, le groupe parvient à introduire le lit bateau dans la cave numéro cinq où le lit gigogne a déjà été enfourné.

– À trois, on lâche ! ordonne Césarine.

À trois, le second venu s'effondre sur le premier qui en profite pour perdre son tiroir. On croit percevoir un bruit de verre brisé. Césarine se tourne vers le mystérieux personnage :

– Maman, je te présente le papa de Félix.

Mes neurones n'ont pas encore embrayé qu'une fine moustache chatouille ma main. Le papa ! Le second, forcément, l'éducateur, la première série pique, l'écrivain méconnu. (L'autre s'est barré sur la mer.)

– Très honoré de faire votre connaissance, madame.

S'il cause ainsi dans ses romans, pas étonnant qu'ils aient été recalés. Il lâche ma pince, j'en profite pour tendre un doigt vengeur vers l'endroit présumé où se trouve le gigondas d'Albin, son muscat blanc et ses château-margaux.

– Et comment fera ton père lorsqu'il viendra chercher une bouteille ? Il engagera un déménageur ?

– On allait t'en parler, répond Césarine. Félix est prêt à arranger ça. Elle a un geste circulaire : à part les lits et les bouteilles, tu tiens à quoi là-dedans ?

À rien ! Mais ça m'arracherait la bouche de le reconnaître en de telles circonstances. Tout le convenable a été transporté au *Roncier*. Ne restent que deux malles de vieilles nippes, des tabourets brisés, une penderie bancale, un poêle à bois : ce que la peur atavique de la guerre retient ma génération de jeter. Il faudrait payer pour en être débarrassés.

— Si tu es d'accord, Félix te le vide gratos! propose Césarine.

Voilà au moins quelque chose qu'il pourra faire avant Gibraltar. Ah! Gibraltar! Bien qu'ayant la désagréable impression de capituler, j'émets le souhait qu'il déblaie au plus vite le terrain autour des nectars. Félix tourne vers moi des yeux pleins de reconnaissance:

— Merci, oh! merci!

On se demande de quoi. Je n'ai pas le temps de creuser que Césarine pousse un cri.

— On va être en retard chez tante Édith. M'man, on peut monter se laver les mains à la maison?

Tandis que père et fils occupent la salle de bains, la mère suit la fille dans le cabinet de toilette.

— Qu'est-ce que c'est que cette histoire? Tu emmènes le père de Félix chez ta tante?

— Depuis le temps qu'elle nous bassine! La première série pique, t'as repéré? Wilfried est arrivé en même temps que le lit. Ça tombait... à pic.

Je ne ris pas. Je suis en train de comprendre que si je ne les avais pas surpris à la cave, Édith aurait fait la connaissance de Wilfried avant moi. Et, bien que je n'aie rien à faire de Wilfried, ça ne me plaît pas du tout.

Je tourne ma rancœur vers le lit fakir.

— Quand même, avant d'introduire ce machin ici, vous auriez pu m'en parler.

— Mais tu disais toi-même que ça pouvait plus aller, cette chambre, proteste Césarine en couvant des yeux le nouveau venu près duquel veille le «Tout en Un». On voulait t'en parler ce soir mais il a été livré plus tôt que prévu; on n'allait quand même pas le laisser dans l'entrée! Tête de papa!

Avec un humour glacé, je demande:

— Félix aurait-il troqué un autre uniforme?

— Sa collection de capsules de bouteilles, répond Césarine.

Étiquettes de fromages, capsules de bouteilles et de deux ! Décidément, il fait dans l'alimentaire. Et ne nous voilons pas la face, c'est mauvais, très mauvais ! Dans la plupart des cas, les collectionneurs recherchent désespérément le cordon ombilical perdu. Obsédés, maniaques, prêts à tout pour satisfaire cet impossible rêve.

– Et il en a encore beaucoup comme ça, des collections ?

– Quelques-unes. Et dans les dix mètres carrés de…

– Je sais ! (Elle commence à m'énerver la pauvre maman.) Et la tête de ton frère, découvrant les trois mètres carrés qui lui restent, tu y as pensé ?

Le visage de Césarine devient songeur.

– C'est curieux, remarque-t-elle. Tu vois, j'aurais juré que Lionel sentait rien : le robot intégral. Eh bien, tu le croiras jamais, il a appelé juste au moment où on allait descendre son lit chéri. Ça peut pas être un hasard, c'est fou quand même ! Il sera là samedi.

CHAPITRE 11

Samedi matin ! Aujourd'hui. D'une minute à l'autre si Lionel a réussi à attraper son train couchette ; à midi, s'il s'est décidé pour l'avion.

Il est sept heures quinze, un sale jour de décembre : froid, pluie, nuit. De toute façon, j'ai toujours détesté décembre. Vous me direz : « Noël. » Vivement qu'on n'en parle plus, de Noël ! Chaque fois, j'ai dix ans. Et il se trouve que je n'ai plus dix ans. Tout est dit.

Sept heures quinze, donc. Sur l'oreiller voisin, Albin fait semblant de dormir pour ne pas affronter la réalité. S'il n'était un vieil égoïste, il se lèverait et irait tourner le bouton du radiateur afin que sa pauvre épouse ne soit pas glacée en se levant puisque c'est lui qui ne supporte pas de dormir avec le chauffage.

L'ascenseur ! On l'entend de notre chambre, le métro aussi, d'ailleurs, surtout les premières rames ; ensuite, la circulation sur le boulevard submerge tout. Mais qu'est-ce qui nous a pris d'acheter cette cage de résonance ? Encore un coup d'Édith.

La porte d'entrée est ouverte et refermée avec précaution. Lionel a gardé ses clés ; pour un garçon, la « maison » reste toujours chez maman. Un pas discret s'éloigne vers le couloir.

– À ton avis, c'est qui ? chuchote Albin.

– Devine !

J'allume. Quel spectacle désolant nous devons offrir ! L'un, ébouriffé et ahuri dans son pyjama de bagnard, l'autre, plutôt mieux conservée dans sa chemise en dentelle, tous deux dressés sur notre couche, l'oreille tendue vers notre pauvre fils qui se dirige, plein d'illusions, vers sa chambre pour déposer son bagage sur un lit bateau qui ne s'y trouve plus.

Un cri étouffé! Ça y est, il a vu.

– Qui c'est, ce garçon*?

Lionel vient d'apparaître dans l'encadrement de notre porte. Raide comme la justice dans son strict costume de cadre supérieur; une justice qui nous accable. Car le garçon qu'il vient de découvrir dans le lit fakir aux côtés de sa sœur ne peut porter ni le nom de mari, ni celui de fiancé, ni même l'appellation de solide gaillard. En somme: il n'est rien.

– Un ami de ta sœur, lance vaillamment Albin.

– On appelle ça un ami, maintenant? Et qu'est-ce qu'ils foutent chez moi?

Lorsqu'on connaît le langage châtié de Lionel, le verbe employé indique l'état de désarroi où il se trouve.

– Vois-tu, c'est à cause de l'ashram, explique Albin dont le visage est couvert de rides d'expression.

– L'ash quoi?

Lionel s'est tourné vers moi. Je m'efforce de prendre un ton enjoué.

– L'ashram, la pièce consacrée au yoga: la chambre de Césarine.

– Si tu veux bien, dit Albin en mettant pied à terre, on va aller parler de tout ça devant un bon café. Tu ne nous a même pas dit si ton voyage s'était bien passé.

Il glisse son orteil marteau dans sa chère charentaise et sort (sans tourner le bouton du radiateur). Après m'avoir adressé un regard blessé, Lionel le suit. Il ne m'a pas embrassée, je n'ose plus le regarder en face. Comment en sommes-nous venus là?

Accablée, je chausse mes fines mules, revêts mon déshabillé en batiste de Cholet. Une image me poursuit: le petit sac de croissants que Lionel tenait à la

* Mon amie Nicole de Buron me pardonnera cet emprunt.

main. Il a pris la peine de passer à la boulangerie afin de faire une fête de notre petit déjeuner commun ; et voilà !

Le sac de croissants est posé sur la table de la cuisine. Albin se remonte le moral du côté de la cafetière, je prends place à côté de mon fils, pique un baiser sur sa joue. Il se dresse comme si je l'avais mordu.

— Et mon lit, tu l'as jeté ?

— Jamais je n'aurais fait une chose pareille ! Ton lit est à la cave, à côté de celui de ta sœur.

Comme si le fait qu'ils voisinaient adoucissait les choses.

— Et mes affaires ?

— En haut du placard de l'entrée.

Ses maquettes de bateaux, ses savants puzzles, son jeu de Go, ses excellents carnets scolaires.

Apparition d'une jeune femme en sari ; elle avance sur la pointe des pieds jusqu'à son frère, lui bouche les yeux.

— Coucou, c'est qui ?

Apparition d'un jeune homme en kimono. C'est son large sourire que Lionel découvre en face de lui lorsque Césarine lui rend l'usage de ses yeux.

— Je te présente Félix. Je lui ai beaucoup parlé de toi ; il avait toujours rêvé d'avoir un frère.

Sans un mot, Lionel serre la main de Félix. La cafetière tousse, indiquant que le café est prêt.

— Et mon rond, il est à la cave lui aussi ? interroge Lionel.

Ce rond de serviette personnalisé pourrait résumer le fossé qui sépare le frère de la sœur. Jamais Lionel n'oubliait d'y glisser sa serviette. Césarine, hostile à la propriété, ne cessait de faire des échanges qui mettaient son frère hors de lui, quand elle ne s'en servait pas comme coquetier (très pratique). Elle regarde la face de carême de Lionel.

— Je vois ce que c'est... Ce soir, t'auras TON rond et TA chambre. On émigrera dans l'ashram.

— Non merci, répond froidement Lionel. Ce soir, je

coucherai chez ma marraine. Au moins, chez elle, il y a encore de la place pour moi.

Coup de poignard dans mon cœur : le rôle de la marraine n'est-il pas de remplacer les parents défaillants ? Voilà où mène la faiblesse : à l'isolement. Si seulement cette marraine ne s'appelait pas Édith ! Si elle ne jouissait pas, grâce aux florissantes pompes funèbres Thanatos père et fils, d'un appartement deux fois plus grand que le nôtre.

– Des croissants, veine alors ! s'écrie Césarine. Merci au généreux donateur.

– Préférez-vous du lait chaud ou du lait froid ? demande Félix à Lionel. Ça nous fait tellement plaisir que vous soyez là.

Oh ! Gibraltar ! Gibraltar !

Édith nous a tous conviés à dîner. Je lui aurais bien fait remarquer qu'en recevant Félix chez elle, elle avalisait en quelque sorte une situation qu'elle prétendait réprouver, bref, qu'elle s'asseyait sur ses principes. Elle m'aurait répondu que lorsque le mal est fait, mieux vaut tendre la main aux malheureux que de leur claquer la porte au nez. Ce à quoi j'aurais volontiers rétorqué que les malheureux avaient pris une drôle d'aura depuis que fleurissait dans leur entourage une première série pique.

En quoi je ne me serais pas trompée !

À peine sommes-nous arrivés qu'elle m'entraîne dans la cuisine sous prétexte de voir où en sont le gratin de courgettes (maison) et le gigot d'agneau (surgelé).

– As-tu déjà rencontré le père de Félix ?

Je me retiens de demander lequel. Je suis l'hôte de ce lieu.

– Nous nous sommes croisés.

– J'ai consulté le journal de la Fédération, m'apprend-elle avec fièvre. Wilfried y est bien, Félix n'a pas menti. (Pourquoi aurait-il menti ?) Les petits ont insisté pour me le présenter (menteuse ! menteuse !), un homme charmant, courtois. Et cette langue admirable dont il fait usage. Verrais-tu un inconvénient à ce que je le présente à mon club?

Ah! ah! Présenter un champion à son minable club de bridge qui végète dans les troisièmes et secondes séries, la gloire! Ils sont loin, les fameux principes.

– Si recevoir le père du concubin de ta nièce ne te dérange pas...

Elle fait la sourde oreille.

Mais alors que nous prenons l'apéritif, je ne parviens plus à lire en moi. Pourquoi ce sentiment d'être lésée, presque volée? Cette nuit, Lionel couchera chez ma sœur. Demain, Wilfried sera reçu avec les honneurs dans son club, elle me prend tout, même ce dont je ne veux pas. Quel labyrinthe, l'âme humaine...

Le dîner a admirablement bien commencé. Jean-Eudes, bien dressé, a d'autorité partagé la souris du gigot entre Édith, le bouvier et moi, à la déception d'Albin dont c'est le morceau préféré. Me souvenant du bouton de radiateur, j'ai tout gardé. Je suis de tempérament rancunier.

Lionel semblait réconcilié avec Césarine; il a même poussé l'affection jusqu'à la féliciter pour ses cinq élèves. «C'est beaucoup grâce à maman, tu sais», a-t-elle répondu avec un regard radieux dans ma direction. J'ai protesté: «Grâce à son seul mérite.» Quant à Félix, il a été éblouissant!

Il serait temps d'expliquer l'indéniable force de persuasion qu'il a lorsqu'il daigne ouvrir la bouche. Jamais un mot plus haut que l'autre; dans la voix, un frémissement souterrain, une sorte d'allégresse intérieure: le clavecin bien tempéré de Jean-Sébastien Bach.

La table était suspendue à ses lèvres lorsqu'il nous a informés qu'avec les sept dixièmes d'eau salée que contenait notre corps, chacun d'entre nous était un petit océan gouverné par les marées.

La table s'est indignée en prenant conscience que l'homme se conduisait avec les océans comme un assassin, vidant sans vergogne ce qui avait été son propre berceau, allant jusqu'à chercher au fond des entrailles de la mer (la mère), des poissons centenaires, horribles à voir mais succulents, dévorant en quelques bouchées une population à qui il faudrait un siècle pour revenir dans son assiette.

Félix a été professionnel en nous expliquant que, pour satisfaire les immenses besoins d'une planète surpeuplée, on allait avoir de plus en plus recours aux produits marins. L'aquaculture – élevage en captivité de poissons, crustacés et coquillages – était appelée à un développement considérable. Certains prétendaient même qu'un jour on produirait des poissons sans arêtes.

– Quelle horreur ! s'est exclamée la table.

– Rassurez-vous, ce n'est pas à cela que se destine Félix, est intervenue Césarine.

On a compris qu'elle savait. Elle a réalisé qu'elle était allée trop loin pour s'arrêter en si bon chemin.

– Si on leur disait puisque c'est presque fait ? a-t-elle imploré Félix.

Celui-ci a acquiescé. J'étais partagée entre l'envie dévorante de connaître enfin la fameuse formation et la rage qu'Édith en ait, elle aussi, la primeur. De quel droit ? Albin retenait son souffle. Nos regards se sont croisés. Il m'a semblé qu'il me prenait la main. Je lui ai pardonné pour le bouton du radiateur. Trop tard pour la souris du gigot.

– Félix va suivre une formation de delphinologue.

Un bref silence s'est abattu sur la compote de fruits (frais).

– Delphi quoi ? a demandé Lionel dont le vocabulaire, avec l'ashram, se serait enrichi de deux mots depuis le matin.

– Delphinologue ! Il a décidé d'apporter sa pierre à l'étude du dauphin.

Le silence s'est fait plus profond.

– Et Darwin n'y est pas pour rien... a poursuivi Césarine.

– Dar quoi ? a demandé Édith.

– Darwin, le philosophe. Il pense que nous avons tout à apprendre des animaux ; Félix partage son avis.

Le disciple de Darwin a repris la parole. En tant que «primo demandeur d'emploi», il avait toutes chances de voir sa candidature acceptée. Il toucherait un crédit «formation individualisée» durant les six mois que celle-ci durerait, l'examen aurait lieu avant l'été.

Albin a fait un bruit bizarre en avalant sa salive.

– Et… c'est toujours Gibraltar? a-t-il demandé.

– Gibraltar, un nid à cétacés, s'est exclamée Césarine.

Mais la merveilleuse nouvelle était que les études de delphinologie pouvaient se faire, dans un premier temps, par télé-enseignement. Félix resterait donc à la maison.

CHAPITRE 12

Cette fois, c'est décidé, je parlerai à ma fille, je ferai mon travail de mère! Gibraltar m'a ouvert les yeux. Félix n'a qu'une ambition: poursuivre le squatt, rester au nid, les ailes collées au corps. Il ne s'en cache même pas.

Exclu de laisser Albin se charger de la besogne, lui-même s'aveugle. Il n'y peut rien, c'est son caractère: il pense toujours que les choses vont s'arranger, ce qui, entre parenthèses, n'est pas bon, même franchement détestable pour un type qui tire son profit des sinistres. Un miracle qu'Hespérus vive encore! Ce doit être qu'il est bien entouré. Reconnaissons qu'Albin a toujours su s'entourer à merveille (voir son épouse).

Au *Roncier*, il a parlé à Félix d'homme à homme. (Il faut voir ce que ça a donné, bravo!) Pas plus tard qu'aujourd'hui, j'aurai avec Césarine une conversation de femme à femme.

Non!

Pas de femme à femme, de mère à fille. Maudit soit Mai 68 dont les instigateurs ont cru révolutionner le monde en sapant le peu d'autorité qui restait aux parents. Mille mercis pour le résultat! Les enfants n'ont pas besoin de copains qui leur filent des joints et des préservatifs, mais d'adultes responsables qui leur désignent clairement les dangers, les préservent contre eux-mêmes, leur disent leur fait.

Je dirai à Césarine le fait de Félix, j'éclairerai ma malheureuse fille sur lui: elle a ramassé dans son champ de maïs – maudit soit le jour où nous avons, de notre poche, payé sa session de massages à l'huile de sésame – un garçon qui ne veut pas plonger. Quel symbole son refus d'apprendre à nager ! C'est Freud qui aurait du grain à moudre.

Et pas question que l'entretien se passe à la maison : des oreilles ennemies vous écoutent.

– Suis-moi, j'ai à te parler.

L'accent solennel de ma voix coupe le sifflet à Césarine qui me suit sans discuter dans l'arrière-salle de L'Étoile, un café minable, une étoile éteinte, choisi exprès pour lui montrer où elle risque d'échouer – elle qui n'aime que les douillets salons de thé – si elle persiste dans son erreur.

Nous nous installons sur la moleskine usée, à côté de plantes vertes poussiéreuses, dans l'odeur du café au rabais.

– T'as des ennuis, m'man ? Ou c'est papa ?

– Pas DES ennuis, UN ennui : Félix !

Voilà qui est envoyé ! Césarine écarquille les yeux.

– Comment ça, Félix ?

– Crois-tu vraiment qu'après avoir regardé durant six mois des dauphins à la télé, il trouvera du travail ?

– C'est pas le but ! lâche Césarine.

Au moins, voici une information claire, et combien révélatrice !

– Et peut-on connaître le but ?

– Établir une relation avec l'animal le plus proche de l'homme.

– Et où cette relation mènera-t-elle Félix ?

Césarine lève un sourcil étonné :

– Mais maman, à mieux se connaître lui-même. Je croyais que tu l'avais compris : on vient tous de la mer.

J'avale quelques gorgées d'un thé tiède et insipide qui a dû faire un trop long séjour dans sa boîte. Ça passe par le mauvais trou, j'étouffe.

– Lâche ton ego, maman ! Respire, respire à fond, m'exhorte Césarine.

Je ligote mon ego pour ne pas crier.

– Mais il faudra bien qu'un jour il gagne sa vie, quand même !

– Si c'est les sous qui te tracassent, pas de problème ! triomphe ma fille. Le pécule, plus les indemnités journalières, plus le crédit de formation individualisée, plus mes élèves, on est riches ! Je parle pas des économies de trajets qu'on fait tous les deux en travaillant à domicile.

Tiens ! Étonnant que Félix n'ait pas trouvé moyen de se faire rembourser les trajets de sa chambre au salon... Je saisis les mains de ma fille :

– Tes élèves, ma chérie, c'est de la VRAIE richesse, gagnée à la sueur de ton front. Tout le reste... est soutiré à l'État.

– Mais t'arrêtes pas de dire que l'État te plume, m'man ! Que si tu faisais pas ton travail par amour, tu laisserais tomber. Félix va faire sa formation par amour et il récupérera un peu de tes sous, c'est pas chouette, ça ? Tu sais qu'il en a proposé à papa, papa a refusé, on n'a pas voulu le forcer.

Bon ! Bien ! Les yeux de Césarine sont grands ouverts, elle trouve la situation épatante comme ça, ça lui convient. Essayons autre chose.

– N'as-tu jamais eu envie d'être indépendante ? Un toit à vous, qui ne soit pas celui de papa-maman, ça ne vous tente pas ?

Un toit à eux ! Voilà que je les marie. Pourquoi ne pas parler de têtes blondes pendant que j'y suis. Maudite soit l'éducation judéo-chrétienne !

– Mais c'est extra, le toit de papa-maman ! s'écrie Césarine. Et comme ça, on profite de vous ; on le sait bien qu'on vous aura pas éternellement. On en parlait encore hier avec Félix.

Un bon yogi ne fuit pas l'idée du « passage sur l'autre rive », il s'y prépare, pour lui et pour les siens. Ils en parlaient encore hier ? Ma gorge se serre à l'idée d'être déjà tendrement pleurée. Ah ! non. Pas pleurée par le coucou. Tout sauf ça.

– Avec Félix, je me sens plus jamais seule, ajoute Césarine en rosissant.

Mon cœur se serre :

– Parce qu'il t'arrivait de te sentir seule avec nous ?

– Vous, c'est merveilleux, proteste Césarine. Mais faut le reconnaître : on regarde pas dans la même direction. Je le sais bien que vous auriez préféré que je fasse du droit ou du secrétariat, que je m'étiole dans un bureau en me rongeant la tête avec des histoires d'avancement. Ça vous aurait rassurés, de vraies fiches de paye avec la retraite marquée dessus. Et je l'ai bien vu, au *Roncier*, que c'était pour me faire plaisir que vous suiviez mes cours. (Quelle fille clairvoyante !) Félix, lui, il adore que j'aie choisi le yoga. (Et pourquoi n'en fait-il pas ?) Et moi, les dauphins, ça me branche vraiment. Vous me voyez vivre avec un prédateur qui ne pense qu'à marcher sur les autres, un requin de la finance ?

Oh ! oui, oui ! Un bon requin pour dix dauphins !

Césarine prend mes mains :

– C'est moi que je veux réussir, maman. Et Félix est pareil.

Un cri m'échappe :

– Alors vous ne vivrez jamais comme les autres ?

Un cri échappe à Césarine :

– Oh ! non, pas toi, maman, pas toi ! N'assassine pas Socrate !

Allons bon ! Socrate maintenant. J'en perds un instant le fil de la conversation. La disciple du coucouphilosophe en profite pour s'engouffrer dans la brèche.

– Maman, tu es TOI ! Tu t'en fous des autres. Chacun doit vivre comme il l'entend. Est-ce que tu réalises que chaque jour, dans le monde, des dictateurs de la pensée unique tendent la ciguë à Socrate ?

Maudit soit Socrate, Darwin et leurs comparses, qui empoisonnent l'existence de gens très bien, aimant à danser en rond, prendre le volant tous ensemble pour aller bronzer sur de mêmes plages, pousser en chœur leurs chariots dans les supermarchés sans s'attarder du côté de la rave diététique et regarder leur feuilleton du soir sans se poser plein de questions assommantes et compliquées sur la vie !

Ravigotée par son petit éclat, Césarine achève sa tasse de thé. Puis elle sort de son sac un pauvre porte-monnaie rempli par ses efforts et dont la seule vue me navre.

– Laisse-moi t'inviter, m'man. Je te dois bien ça. Je t'ai pas dit ? J'ai une septième élève, merci !

– Mais pourquoi tu me remercies tout le temps. Tu ne me dois rien.

Elle prend un air finaud :

– Secret professionnel.

Le garçon est là, je n'ai pas le temps de creuser. D'autant qu'elle agite à présent sous mon nez un document couvert de cachets, une sorte de brevet.

– Avec Félix, on a adopté un dauphin ! Si ça t'intéresse, t'auras qu'à le dire, on te donnera la filière.

Son orteil marteau déployé dans sa charentaise, Albin savoure le journal du soir dans les bras de son Louis XV à oreilles qu'il a transporté dans la chambre conjugale, le salon étant réquisitionné par les études télévisuelles de Félix. Je jette mon manteau sur le lit et me plante devant lui.

– Tu assassines Socrate !

– Hein ? Quoi ? Comment ?

Il retire précipitamment ses lunettes de lecture, chausse celles de myopie, prend mon poignet, cherche mon pouls.

– En n'acceptant pas que Félix étudie les dauphins, tu tends à Socrate sa coupe de ciguë. À propos, veux-tu adopter un dauphin ?

– POURQUOI PAS UNE LIMACE ?

Sans doute évoque-t-il la limace des Caraïbes qui vole au secours de la flore sous-marine en pondant mille œufs par semaine. J'ai quand même réussi à sortir l'assureur de ses gonds, je me sens moins seule. Je lui raconte ma conversation avec Césarine. Ce ne sont pas les yeux qu'on pensait qui se sont ouverts...

– Ce n'est pas bon, ça, reconnaît-il. Pas bon du tout. Et j'hésitais à te le dire, mais j'ai appelé le Centre national d'études des cétacés : delphinologue, ça existe bien. Un seul pépin : depuis *Le Grand Bleu*, il y en a dix fois plus que de dauphins disponibles.

Je tombe sur le lit.

— Que proposes-tu ?

Dans le salon, ces froissements d'eau, ces plongeons, cette musique des profondeurs, c'est Gibraltar. Et s'il y a une chose dont nous pouvons être certains, c'est que Félix sera reçu haut la main à sa bon dieu de formation de fond de poubelle.

— On peut le fiche dehors, évidemment, rêve Albin. On lui dit : « On vous aime bien, mon petit Félix. On n'a rien contre vous, mais, dans votre propre intérêt, nous ne pouvons vous garder. Quand vous aurez un vrai travail, qui vous permettra de vivre par vousmême et non sur le dos des autres et de la société, repassez. »

Je vois que je ne suis pas la seule à fantasmer ; sauf que mes fantasmes sont plus sanglants.

— D'accord : on le fiche dehors. Et Césarine ?

Le silence d'Albin est une réponse : la même que la mienne. Cause principale des S.D.F. : la rupture familiale. Césarine suit Félix, elle perd ses élèves, elle mendie dans la rue, couche sous les portes cochères, chope la tuberculose, Édith la rencontre, elle lui tend la main.

— Veux-tu que nous laissions une dernière chance à ce garçon ? soupire Albin. Le temps de sa formation. Si après il ne se lance pas dans quelque chose de sérieux, oust ! Et il ajoute avec son humour fracassant : Et puis tu le sais bien, la loi interdit de mettre les indésirables à la porte durant l'hiver.

Il peut bien geler sur pattes, le coucou, je m'en fous. Mais ma Césarine qui attrape tous les microbes ! Comme si elle sentait qu'il est question d'elle, voilà qu'elle passe la tête à la porte, adresse un sourire radieux à son père.

— Maman t'a dit pour l'adoption ? C'est un mâle. Ça te ferait plaisir qu'on l'appelle Albin ?

CHAPITRE 13

Nous avons fait l'achat d'un petit poste de télévision pour notre chambre et, durant les soirées de foot, un forcené du ballon rond, dans sa bergère à oreilles, m'a empêché de savourer tranquillement un bon livre sous ma couette.

Noël approchait. Généralement, nous le passions à la maison. Césarine insistait pour que nous mettions nos chaussures dans la cheminée à côté de ses sandales asiatiques. Elle les bourrait d'objets les plus étranges : bâtons de sucre, encens, huiles variées, boules de santé, gris-gris, devant lesquels nous nous pâmions avant de les écouler discrètement du côté de la loge, toujours preneuse. Dans ses sandales, nous mettions un « bon » pour un stage de danse cosmique, *rebirth* ou, comme à Noël dernier, une session de massage à l'huile de sésame près d'un champ de maïs de sinistre mémoire.

Le Premier de l'An était réservé à ma mère que nous allions rejoindre dans sa demeure en vallée de Chevreuse. Je parlerai bientôt de cette pionnière de quatre-vingt-six ans.

Le coucou nous cassait la fête ! L'idée de ses baskets dans la cheminée familiale nous était insupportable. Nous mettions en Ingrid nos derniers espoirs : abandonne-t-on une mère dans ses dix mètres carrés le jour de l'année où l'on enregistre le plus de suicides par solitude ?

Nous nous sommes enquis de son sort auprès de Césarine.

– Vous en faites pas pour elle. Elle passe les fêtes à Hawaii; les îles l'inspirent des masses.

Après les Seychelles, Hawaii! Nous aussi, les îles nous auraient inspirés des masses si nous en avions terminé avec les traites de ce maudit duplex où se cramponnait le rejeton d'une pauvre maman qui aurait mieux fait de s'agrandir pour l'héberger plutôt que d'aller se ruiner dans les îles.

En attendant, le bébé couple cachait partout des paquets mal ficelés.

– C'est mauvais, ça, très mauvais! remarque Albin, déchiré à l'idée de devoir partager son foie gras des Landes et son sauternes avec un écouteur de dauphins au coup de fourchette et à la descente redoutables.

De pingres, nous sommes devenus mesquins, bravo!

Faisant le bilan de l'année, côté perchoir, j'ai constaté un intéressant phénomène de société: on traînait chez moi des jeunes sans moteur, et j'en vois accourir de plus en plus, convaincus d'avoir découvert le leur: moteur-standard. À quelques exceptions près – pilotes de formule un pour les garçons et attachées de presse pour les filles –, tous veulent être présentateurs à la télé, reporters, météorologues ou comédiens, de préférence comiques. Ils sont certains que leur bobine sur le petit écran fera un malheur national qui leur permettra de travailler en s'amusant jusqu'à la retraite. À moi de leur faire comprendre qu'ils ne trouveront pas forcément leurs capacités d'excellence du côté de la lucarne, qu'il faut énormément de sueur et un minimum de talent pour réussir dans les métiers de l'audiovisuel et qu'ils ont toutes les chances de se planter avant de haïr une société qui aura méconnu leur génie, et de se livrer à d'horripilantes manifestations pour se venger d'innocents usagers.

Aux parents, je recommande la patience. La

patience… quel faux-jeton! N'ai-je pas à la maison un garçon au moteur qui n'embraye pas et qu'une hâte : qu'il dégage, se barre, se casse, aille chercher ailleurs ses capacités d'excellence?

S'il en a, ce qui m'étonnerait.

Ce jour-là, une semaine avant Noël, j'ai sacrifié mon déjeuner pour mordre les vitrines à la recherche d'un paquet à jeter dans ses baskets, lorsque, m'en revenant vers la maison, j'en vois sortir Mme Gros-jean, la maman d'Agathe (ex-fausse-vraie championne de tennis). Avant que j'aie pu la saluer, elle est loin. Qu'est-elle venue faire boulevard Saint-Éloi? Je remets de creuser la chose à plus tard et grimpe à mon perchoir où m'attend Mme Dufreigne.

Voilà une femme qui perd prématurément son mari, que son employeur licencie, qui place tous ses espoirs en son fils, Marc, vingt-deux ans, et que décide celui-ci? D'entrer au couvent : un ordre contemplatif. (Ah! pourquoi, pourquoi n'est-ce pas Félix que le Ciel a appelé, je le verrais si bien chez les moines?) La pauvre mère est persuadée que Marc est victime d'une secte : se retire-t-on du monde lorsqu'on est beau, brillant, doué de toutes les qualités et que l'on plaît aux jeunes filles? Je reçois le fils. Pas de doute, je me trouve en face d'une vraie vocation. Et je sais de quoi je parle, j'ai la foi du charbonnier. Je fais part de mon diagnostic à Mme Dufreigne : contre Dieu, ni l'une ni l'autre ne pourrons rien. Elle s'effondre. Je refuse d'être payée.

C'était il y a un mois.

Et voici que je retrouve une femme transformée, calme, avec, sur le visage, une lumière qui me rappelle quelque chose. Quelqu'un? Elle prend place en face de moi.

— J'ai profité de ce que j'étais dans vos murs pour vous faire une petite visite, m'apprend-elle. Comme vous pouvez le constater, cela va beaucoup mieux.

Un détail m'échappe :

— Vous étiez dans mes murs?

Du talon, elle frappe le plancher :

– Au quatrième. Votre fille est une fée !

Dans un brouillard, je revois Mme Grosjean sortant de l'immeuble. Un sombre pressentiment m'emplit. Je bredouille :

– Prendriez-vous des cours de yoga ?

– Trois fois par semaine.

– Et… comment y êtes-vous venue ?

– C'était après notre dernière rencontre, explique-t-elle. Vous avouerais-je que je pleurais dans l'escalier. Et voici qu'un grand jeune homme très doux, l'âge de Marc, me tend un bristol. Il dit : « Vous devriez essayer, vous verrez, cela vous fera du bien. » Bellac, ça m'a tout de suite mise en confiance. Pourquoi ne pas tenter cette dernière chance ? Une fée, vraiment ! À présent, quand ça ne va pas, je prends la posture du cobra, j'unifie mon flux mental…

Mon flux mental est en folie. Mme Dufreigne… Mme Grosjean… et combien d'autres ? « J'ai une élève de plus, merci m'man ! » Aveugle, aveugle que j'étais !

– Telle mère, telle fille, conclut Mme Dufreigne. Vous dirai-je qu'elle refuse d'être payée tant que je n'ai pas retrouvé de travail ?

Je clos prématurément la séance, me débarrasse de ma cliente, trépigne quelques secondes pour lui laisser le temps de descendre et, plutôt que d'emprunter l'escalier intérieur, dégringole le principal – l'ascenseur ne monte pas jusqu'au perchoir. C'est bien là, sur le palier du quatrième que ça se passe, je le comprends tout de suite. La porte de l'appartement est entrouverte, le piranha guette sa proie. Ah ! ah ! il est bien étonné de voir surgir la maîtresse des lieux (jusqu'à nouvel ordre) et non un gogo à arnaquer. Je le refoule dans l'appartement, claque la porte.

– Vous draguez mes clientes, maintenant ?

Pris au piège ? Gêné ? Pensez-vous ! Il met un doigt sur ses lèvres.

– Césarine donne son cours, pourriez-vous faire un peu moins de bruit ?

Je vois du sang. Un instant, j'hésite : vais-je suivre

ma pulsion et investir l'ashram, reprendre ce qui m'appartient ? Lâchement, je temporise et traîne Félix au salon où la cheminée, couverte de santons et de guirlandes, parle douloureusement d'une fête ratée d'avance.

– Asseyez-vous, dit le coucou, vous êtes tout essoufflée.

Plutôt mourir asphyxiée. Je le toise.

– Vous ne m'avez pas répondu…

– Je comprends votre surprise, admet-il. Vous souvenez-vous du jour où vous avez reconnu que vos clientes auraient bien besoin de quelques cours de yoga ? Vous aviez même ajouté que vous en donneriez trois pour que Césarine en ait une, c'est là que ça a fait tilt.

– MAIS C'ÉTAIT DES MOTS !

– Des mots ? Pas vous ! s'écrie Félix. Vous savez bien que Césarine prend toutes vos paroles pour argent comptant.

Ah ! ah ! Argent comptant, ça lui plaît, ça ! Comptant, sonnant et trébuchant dans sa poche de fainéant.

– Vous savez comment s'appelle ce que vous faites, mon vieux ? Détournement de clientèle. On peut aller en prison pour ça.

Pas un cil qui papillote, pire qu'Albin : des bunkers.

– On s'est interrogés, reconnaît le super bouddha, mais il y avait le secret professionnel. Césarine a essayé de vous mettre sur la piste, elle vous a envoyé message sur message, ça ne vous a pas frappée ?

Je précipite un vase par terre : un précieux Gallé de famille. Félix s'empresse d'en recueillir les morceaux :

– C'est pas trop grave, de toute façon, c'était un faux !

– UN FAUX ?

– Je l'ai vu tout de suite ; l'expérience des greniers. J'ai pas voulu vous faire de peine…

Un faux Gallé, repris au frère de mon mari lors de l'héritage, à prix d'or, le salaud ! C'est Albin qui va être content. Et moi je rate tout, même mes éclats.

Autant avoir brisé un cendrier publicitaire. Si au moins je l'avais jeté dans les carreaux.

– Voulez-vous boire quelque chose ? propose Félix, inquiet de me voir sans réaction

Je tombe sur le canapé. Il disparaît. Si cela pouvait être pour toujours. Moi qui étais si heureuse des succès de Césarine, si fière de ma fille. Le revoilà déjà, semblable à lui-même. Je bois goulûment le verre d'eau qu'il me tend. D'une voix brisée, je demande :

– Et à part mes clientes, Césarine en a-t-elle quelques-unes à elle ?

– Ça vient, ça vient, se réjouit Félix. Le bouche à oreille fait merveille.

Un cas de conscience semble soudain se poser à lui. D'un geste, il l'évacue.

– Tant pis pour le secret professionnel ! Il faut savoir parfois transgresser la règle. Auriez-vous reçu dernièrement un appel d'une certaine Mme Lefèvre ?

Je réponds faiblement :

– Hier. Elle a pris rendez-vous pour la semaine prochaine.

– Celle-là, c'est nous qui vous l'envoyons, m'apprend fièrement Félix.

CHAPITRE 14

Ah! Marcher dans la fraîcheur d'une forêt au bras d'un mari complice, respirer à la va-comme-je-te-pousse, sans s'appliquer à mâcher l'air par les narines ou déplisser ses alvéoles, partager de noires pensées, échafauder des rêves indignes, puis plus légers, reprendre le chemin d'une maison où aucune «merveilleuse surprise» ne vous attendra!

Nous sommes arrivés chez maman, dans la vallée de Chevreuse, le vingt-cinq décembre au soir. Noël s'était passé au plus mal.

Sous le coup de mon interdiction de draguer mes clientes, Césarine traînait partout des mines de martyre. Albin, fou de rage pour le Gallé, s'était brouillé au téléphone avec son frère qui jurait de son innocence. Descendant chercher son sauternes à la cave, il avait eu tout le mal du monde à parvenir jusqu'aux précieuses bouteilles, pour constater à l'arrivée que deux d'entre elles s'étaient épanchées sur le lit bateau. Le sermon du curé, à la messe de minuit, avait porté sur le pardon, le foie gras en avait pris un goût saumâtre; ouvrant les huîtres au moyen d'un nouvel instrument miracle, Albin s'était percé la main.

Le pire restait à venir.

Dès huit heures, le vingt-cinq au matin, Césarine avait fait l'appel et nous nous étions retrouvés devant la cheminée pour défaire les paquets.

À notre fille, nous offrions un stage de géobiologie,

où l'on apprend – je cite – « à détecter les déséqui-
libres dans le milieu énergétique ambiant ». Bref, à
identifier les mauvaises ondes. Cadeau non désinté-
ressé. Qui sait ?

Dans les baskets des mauvaises ondes, nous avions
mis un pull-over de montagne, inutilisable en appartement, pour les inciter à aller se répandre ailleurs.
J'avais trouvé dans mes mules un pouf parfumé, qui
répandait des senteurs variées lorsqu'on s'y asseyait,
et une yaourtière électrique.

La yaourtière, avec la machine à faire les pâtes
fraîches et le gaufrier sont des instruments destinés
à ne jamais servir plus de deux fois avant d'aller
prendre la poussière en occupant une place énorme
au-dessus des placards de cuisine ou au fond de ceux
à balais ; yaourts, gaufres et pâtes fraîches étant bien
meilleurs et moins onéreux à acheter en grande surface.

Et Albin ? L'infortuné Albin ? Car c'est ici que se
situe l'épisode des charentaises : le cadeau empoisonné de Félix pour remplacer les vieilles auxquelles
s'était faite, au cours des années, la malformation
congénitale de mon homme. (Tare, qu'entre parenthèses, je n'avais découverte que le mariage consommé,
le prétendant s'étant bien gardé de me montrer ses
pieds avant.)

Durant la nuit fatale, Félix avait jeté les vieilles à la
poubelle. Les éboueurs étaient passés, trop tard pour
les récupérer.

– Je l'aurais tué, avait déclaré Albin, assis sur le
rebord de la baignoire, contemplant l'orteil marteau.

– Moi aussi, avais-je rétorqué.

Nous nous étions sauvés chez maman.

La maison de celle que tout le monde surnomme
affectueusement « golden mamie » est située près du
paisible village de Saint-Rémi. Elle se l'est payée elle-
même avec les commissions que lui versait son mari,
agent de change (mon père seul et unique) lorsqu'elle
le mettait sur un coup fumant. Mes parents formaient un excellent couple. Papa faisait les quatre

volontés de sa femme et, ayant vite décelé son génie pour la finance, plutôt que d'en prendre ombrage il avait accepté qu'elle le supplante et l'avait prise comme associée. Après la mort de celui-ci, elle s'était retirée à Saint-Rémi, en compagnie d'un homme de confiance – le masculin n'existant pas pour « gouvernante ». Discret, efficace, Thaï fait tout dans la maison, y compris une savoureuse cuisine. Il remplit également le rôle de chauffeur, il a suivi des cours d'infirmier.

À quatre-vingt-six ans, la golden mamie n'a pas dételé et continue à gérer son portefeuille ainsi que celui de quelques amis.

– Et Césarine? s'est exclamée la fragile petite femme tout de noir vêtue, en nous accueillant, ce vingt-cinq décembre au soir, dans l'état que l'on devine. Elle n'est donc pas venue avec vous? Thaï avait fait son lit.

Est-ce le lit? Un lit pour une personne? Un lit de jeune fille? Voici qu'à mon propre étonnement j'ai fondu en larmes. Impossible d'endiguer le flot. Et alors que j'avais décidé d'épargner ma mère, j'ai tout sorti *illico* : le champ de maïs, le couchage extérieur, les dauphins, le termite qui rongeait notre vie, en pleine communion de pensée avec Césarine.

– Le pauvre! a soupiré maman lorsque j'ai eu fini.

– LE PAUVRE?

– Franchement, aimerais-tu être à sa place, ma chérie?

– Plutôt mourir.

– Tu vois! Il n'a vraiment pas le beau rôle. Et songe que, malgré tout, il vous aime beaucoup.

– MALGRÉ TOUT?

– Bien que vous étant redevable, a précisé maman. Il me l'a dit.

– PARCE QUE TU LE CONNAIS?

– Si j'avais dû attendre que tu me présentes le compagnon de mon unique petite-fille, c'est de là-haut que j'aurais fait sa connaissance, un peu loin à mon goût, a-t-elle répondu sèchement.

Elle s'est tournée vers Albin qui regardait ailleurs ; Albin ne supporte pas de me voir pleurer. Les autres, il s'en fout : il en voit chaque jour à Hespérus.

– Mon cher gendre, sans doute serez-vous heureux de défaire votre bagage ? Les chemises se froissent si vite. Vous connaissez le chemin de votre chambre.

Il a filé sans demander son reste. Maman lui fait une peur bleue bien qu'il ne soit pas loin de partager sa fameuse théorie : le temps des femmes est venu ! Selon elle, les hommes ont raté le monde (ouvrez les journaux). Le mâle supérieur est en voie de disparition, torses velus et épaules larges laissent place à de gentils minets presque imberbes. Qui distingue encore dans la rue un garçon d'une fille ? Certains s'accrochent encore, allant jusqu'à vivre entre eux, espérant mieux résister en couple. Maman éprouve beaucoup de compassion pour la gent masculine.

– Tu as vraiment tiré le bon numéro, a-t-elle remarqué sitôt Albin disparu. Il n'est pas trop pesant ?

– Pas pesant du tout, léger comme une plume, ai-je protesté.

La différence entre maman et moi est qu'elle se réjouit de prendre le relais ; j'aime à garder encore un peu l'illusion d'être protégée.

Sur son bureau, le fax s'est mis en marche, elle a trottiné jusqu'à l'appareil, a pris connaissance des messages et répondu immédiatement. Cela m'a laissé le temps de me reprendre.

– Alors... que Félix s'incruste, tu trouves ça très bien, toi ! ai-je attaqué lorsqu'elle est revenue vers moi.

– Au moins, c'est un garçon net. Ni drogue, ni alcool, ni secte. Idéaliste comme est ta fille, imagine ce qu'elle aurait pu te ramener.

– J'imagine très bien. Un garçon épatant qui l'aurait prise sous son aile : un solide gaillard qui aurait su nager, conduire, et se serait défoncé pour qu'elle n'ait pas à travailler...

– ... et qu'elle n'aurait jamais vu. Qui, à quarante

ans, se serait retrouvé en cure de sommeil ou avec un pontage! tranche maman.

– En attendant, la cure de sommeil, c'est Félix qui la fait à la maison; aux crochets de Césarine.

Je n'ose parler de nos crochets à nous (frigo, électricité, minitel, énormément d'eau chaude). Mesquine, je suis devenue mesquine.

– Pendant des siècles, la femme est restée au foyer tandis que l'homme faisait ses dégâts à l'extérieur. Chacun son tour. N'as-tu jamais pensé que Césarine pouvait être contente d'avoir un homme à domicile? Il paraît qu'il est parfait dans une maison.

– Et qu'il pompe l'État, tu trouves ça bien?

– Ah! ça oui! s'enflamme maman. L'État n'a que ce qu'il mérite. Voilà une fille qui accomplit un travail magnifique, évite aux gens les calmants, les cures, la déprime, et au lieu de la considérer comme de salut public, on ne reconnaît pas son travail; tout en lui piquant un maximum de sous, bien entendu. État-voyou.

Pas faux!

Le fax a lancé une nouvelle giclée d'informations, j'ai laissé maman travailler et je suis allée rejoindre Albin dans notre chambre; curieusement, j'étais calmée.

Albin était répandu sur son lit comme une flaque. J'ai failli tomber sur une de ses chaussures, il n'avait pas touché à la valise.

– J'ai comme un point là! a-t-il gémi en montrant son côté.

J'ai tâté le point, il a crié, je n'ai rien senti.

– Veux-tu un peu d'aspirine effervescente?

Il a accepté avec reconnaissance. Comme d'habitude, j'ai fait fondre le cachet moi-même, sinon il n'a pas la patience d'attendre, boit trop vite et s'étrangle.

– J'ai aussi un peu de mal à respirer, a-t-il remarqué en absorbant le mélange à petites gorgées. Tu crois que c'est mauvais?

– Pas du tout, c'est les fêtes: toujours un sale moment à passer.

– Surtout celles-là, a-t-il approuvé. Heureusement que je t'ai.

– Allez, tu te débrouillerais très bien sans moi.

J'avais failli dire : «Tu es grand.» L'influence d'une mère, quand même !

– Vous avez bavardé bien longtemps, qu'est-ce que vous vous racontiez ? a-t-il demandé avec méfiance.

– C'est surtout le fax qui a parlé. Entre-temps, nous avons chanté tes louanges.

Inutile d'inquiéter les espèces en voie de disparition.

CHAPITRE 15

Vendredi matin, tandis que nous dégustons le délicieux porridge de Thaï face au spectacle d'un jardin poudré de blanc, le téléphone sonne : Césarine.

– Est-ce que je peux te poser une question, m'man ? Ta robe de mariée, tu y tiens ?

Depuis quarante ans (le plus beau jour de la vie d'Albin), je ne m'étais pas posé la question. Je m'étonne :

– Et pourquoi, mon trésor ?

– Félix l'a trouvée au fond de la grande malle en osier. Tu sais qu'il s'occupe de la cave (pas trop tôt !), elle est vraiment chouette, cette robe. On peut dire que vous aviez fait fort, grand-mère et toi.

Pourquoi le nier ? Très fort, même ! Rien que du meilleur, de l'authentique, avec, à la clé, un succès fou.

– Tu veux pas qu'on la garde, au moins un peu ? interroge Césarine.

À mon âge, quand on garde un peu, c'est pour la vie. Et dans ma tête obsédée par qui l'on sait, une sonnette d'alarme hurle : pourquoi ce désir de garder ma robe de mariée ? Romantique comme l'est Césarine, celle-ci ne serait-elle pas en train de lui donner des idées ?

– Bazardez-la avec le reste, le plus vite possible.

– T'es bien sûre que ça te fera rien ?

– Sûre et certaine.

Ce qui me ferait, ce serait de la revoir. Ce serait comme Noël : de la magie perdue. Sauf que cette fois,

107

ce n'est pas dix ans que j'aurais mais vingt, et un charmant jeune homme à mon bras.

– O.K., dit Césarine. Si tu le vois comme ça… Félix demande si les boutons sont en vraie nacre.

– En quoi voudrait-il qu'ils soient ? En plastique ? J'aurais préféré ne pas me marier !

À ma spirituelle saillie, ça se bidonne dans le duplex.

– Félix te remercie beaucoup, conclut Césarine lorsqu'elle a retrouvé l'usage de sa voix. Tu peux me passer grand-mère ?

Bien qu'éprouvant désormais la plus grande méfiance envers les remerciements du coucou, je remets à plus tard le moment de creuser et transmets la communication à maman, déjà aux prises avec l'indice Nikkei.

– J'ai très mal dormi cette nuit, se plaint Albin. (Ça ne s'est pas entendu.) J'ai eu d'affreux cauchemars (pléonasme : un cauchemar est rarement joyeux). Ce n'est pas bon que ta mère soit du côté de Félix. Qu'est-ce qu'elle voulait dire exactement avec son le « pauvre » ? Tu as compris, toi ?

L'explication risquant de lui être pénible, j'élude en prenant des nouvelles du point de côté ; c'est encore un peu sensible mais, en gros, ça va mieux. Avec un profond soupir, il reprend du porridge pour la troisième fois.

Le soir même, Édith et Jean-Eudes nous ont rejoints. Eux n'avaient pu faire le pont, les fêtes et leur cortège d'imprudences, à table et sur la route, apportant toujours un surcroît de travail à Thanatos. Jean-Eudes ne ménage pas sa peine pour maintenir l'entreprise à flot. Pas facile, paraît-il, les familles répugnant de plus en plus à dépenser pour leur défunt. On se sert du fax afin d'avoir plusieurs devis. Seule la gardienne d'immeuble espagnole réclame encore de l'acajou ; pour la femme du chirurgien, le peuplier est assez bon. Certains enfants ne demandent-ils pas s'il existe des cercueils en « kit », à assembler soi-même ?

Bref, le dîner a été très gai, maman étant aux anges d'avoir ses deux filles avec elle, surtout moi, sa préférée. Je reconnais que c'est injuste, d'autant qu'Édith est celle qui a pris le plus à golden mamie : sa conviction que la femme est reine (elle le montre à la maison), sa passion du jeu. Je n'ai, quant à moi, hérité que de son caractère enjoué.

– J'ai présenté Wilfried à mon club, m'a annoncé Édith radieuse. Il a conquis tout le monde : une simplicité, une gentillesse... Avec ça, un génie de l'annonce et de la carte ! Sais-tu ce qu'il m'a proposé ? De participer avec lui à un championnat à Zurich. Il assure que je vaux mieux que mon classement.

L'hypocrite, le lèche-bottes... Et pourquoi pas une ode dédiée à la beauté de ma sœur ? Ça en ferait deux sur la biographie fantôme.

– Il va t'emmener à Zurich ? Jean-Eudes n'est pas jaloux ?

– On l'emmènera comme chauffeur. Wilfried n'a pas de voiture.

Tiens ? À creuser. A-t-il son permis ?

Samedi matin, alors que chacun vaque à ses petites affaires, un cri retentit dans le salon.

– FÉLIX !

Le cœur battant, Albin et moi nous précipitons : le coucou serait-il arrivé par la fenêtre ? Non ! Par la lucarne, celle du petit écran que désigne Jean-Eudes. C'est bien lui au fond de l'image. Et il s'agit, nous explique Édith, d'une émission consacrée au troc que Wilfried leur a conseillé de regarder. On peut, paraît-il, tout y échanger : sa maison de week-end, sa voiture, son mixer, son animal empaillé, bref, tout ce dont on ne veut plus. L'objet est présenté sur l'écran en vrai ou en photo, les amateurs appellent. (Penser à ma yaourtière.)

Nous sommes maintenant tous rassemblés autour du poste pour regarder Félix. Quel pouvoir, quand même, ce petit écran ! Voilà le coucou devenu presque intéressant. Moi-même me prends au jeu : comment va-t-il s'en tirer ? Qu'a-t-il à proposer à présent que les étiquettes de fromage et les capsules de bouteille ont trouvé preneurs ? Sans oublier l'uniforme de l'armée.

La présentatrice de l'émission : une délicieuse blonde prénommée Marie-Martine, qui doit faire des ravages dans les moteurs sans carburant de mes futurs clients, vante actuellement un boa ayant appartenu à Zizi. Sa propriétaire voudrait bien l'échanger contre une paire de bretelles de Coluche, Johnny ou, à la rigueur, Carlos. Soudain Albin bondit.

– Mais dis donc, ce ne serait pas ma chemise américaine, par hasard ?

Les hommes sont parfois longs à réagir, voilà belle lurette que je l'avais reconnue, sa chemise américaine, sur le dos de Félix. Inimitable avec son damier rouge et vert, ses épaules cuir, ses franges. Césarine a la fâcheuse habitude de se servir dans les tiroirs de son père et Félix puise à volonté dans ceux de Césarine.

Albin est fort mécontent.

– Débrouille-toi comme tu veux, mais je tiens à la récupérer, menace-t-il.

– S'il vous plaît, mon cher gendre, tout à l'heure… On n'entend plus rien, se plaint maman.

– Et maintenant, voilà Félix, annonce justement Marie-Martine. Félix, approchez, approchez.

Le coucou obtempère dans la chemise de cow-boy qui flotte sur ses épaules étroites. Marie-Martine entoure celles-ci de son bras protecteur.

– Félix a une merveille à nous proposer.

Toute la famille retient son souffle, comme la caméra fait un tour de piste avant de se poser sur :
MA ROBE DE MARIÉE.

– Dentelle de Cholet, boutons de nacre véritable, une robe unique, s'enthousiasme Marie-Martine en me fixant droit dans les yeux. Mon petit doigt me dit qu'elle va donner des idées à des auditrices. Mesdemoiselles qui songez au mariage, vite, à vos téléphones…

Je pleure : ma robe, ma chère robe ! C'est vrai qu'on avait fait fort avec maman !

– Mais je la reconnais, s'écrie celle-ci sans l'ombre d'une émotion. Tu te souviens, Albertine, on l'avait fait faire par une petite couturière des Buttes-Chaumont. Elle s'appelait, elle s'appelait…

Je sanglote :

– Mlle Pinson… comme Mimi.

– Elle avait copié sur un modèle de grand couturier, révèle maman à l'assemblée, tout le monde s'y était laissé prendre.

Même Albin que je n'ose plus regarder. Il avait été si flatté que la famille se soit ruinée pour lui.

La robe disparaît de l'écran. Revoici Marie-Martine avec le détrousseur de souvenirs.

– Félix propose cette pièce unique contre une Cocotte-Minute, si possible n'ayant pas égaré son bouton-vapeur, annonce-t-elle. Si vous avez ça dans vos placards, appelez-nous vite.

Ma robe contre une Cocotte-Minute ! Et pour quoi faire, une Cocotte-Minute ?

– Veux-tu que j'appelle ? propose Édith. J'en ai une vieille à la cave, je ne m'en sers plus jamais, de toute façon, c'est ringard.

Je ne veux pas. Je ne veux rien. J'ai envie de mourir. Ma mère a-t-elle encore un cœur ? Il me semble que seul le bouvier des Flandres, qui est venu poser sa truffe gluante sur mes genoux, me comprend. Marie-Martine vante à présent un four à micro-ondes. J'ai été, une fois de plus, l'artisan de mon malheur. Hier matin, Césarine m'a envoyé messages sur messages et je les ai lus à l'envers. J'ai cru que ma robe touchait en elle une corde sensible et ordonné : «Bazardez-la.» C'était ce qu'ils attendaient : bazarder mon cœur. Mais tant qu'à faire, j'aurais préféré le boa déplumé de Zizi plutôt que la Cocotte-Minute. Je me serais sentie moins humiliée.

– Pas la peine d'en faire une maladie, me réconforte Édith. Moi, mon petit doigt me dit que personne n'en voudra.

CHAPITRE 16

La peau du dauphin, cétacé à dents, mammifère à sang chaud, est comme du satin. Le dauphin le sait et en prend grand soin. Jamais vous ne le verrez essayer de s'échapper de son bac ; il connaît les risques.

Le dauphin tursiops, auquel Félix s'intéresse plus particulièrement (qui se ressemble s'assemble), ne consacre qu'un dixième de son temps à quêter sa nourriture. La nature lui a accordé le don de l'amitié désintéressée (pas difficile de donner quand on n'a rien) et il passe l'essentiel de son temps à jouer et communiquer avec les autres. Tout son savoir lui vient des femelles et ce sont bien souvent celles-ci qui conduisent le troupeau. Voilà qui ne surprendrait pas maman.

L'orque, autre espèce de dauphin, est plus entreprenant. Surnommé le « requin tueur » par certains, « l'intellectuel des mers » par d'autres, il est actif et parfois brutal. Félix s'y intéresse moins.

C'est sur le langage du tursiops qu'il a décidé de se pencher. Ses sifflements, murmures et gazouillis s'articulent comme des phrases : un dauphin n'ouvre jamais le museau pour rien et un jour, Félix en a la certitude, l'homme et lui pourront dialoguer. Césarine l'espère également.

Puisque nous parlons langage, jamais plus hélas, Albin, rentrant d'Hespérus, ne me lance son joyeux : « Est-ce qu'il y a quelqu'un ? » Il le sait bien qu'il y a quelqu'un ! Il sait bien qui ! Jamais plus je ne peux répondre : « Il y a ta chère et tendre épouse. » Ça me manque.

Après les fêtes, Albin a fait un eczéma nerveux sur les avant-bras. Je soupçonne ma robe de mariée. À ce propos, le petit doigt d'Édith n'est qu'un crétin comme elle : ma beauté a tout de suite trouvé preneur et Félix a eu sa Cocotte-Minute. Le sifflement de cet instrument, lorsqu'on retire le bouchon-vapeur, ne serait pas sans rappeler certains appels des dauphins. Reste à vérifier dans la mer, ah ! ah !

Les soucis font maigrir certaines. Ce petit dédommagement ne m'étant pas accordé, j'ai pris trois kilos de compensation. Réaction d'Albin devant mes capitons : « Trois kilos de plus à chérir. » Ça finira dans le sang.

Déjà le mois de mars ! Bien que ne me prenant plus mes clientes, Césarine a un succès fou. Plusieurs sessions ont lieu chaque jour. Félix ouvre la porte.

C'est par le plus grand des hasards – un journal oublié par une cliente dans mon perchoir – que le nom d'Ingrid Legendre m'a sauté aux yeux : « Ingrid Legendre présentera le trois avril prochain sa collection de printemps. » Le trois avril ? Demain.

Je me précipite sur ma fille avec l'article.

– Tu savais ça ? Pourquoi tu ne m'as rien dit.

– T'aimerais pas : c'est pas ton genre de fringues ! Et puis Félix est en froid avec sa mère.

Mon oreille se dresse :

– En froid ? Qu'est-ce qui s'est passé ?

– Toujours des questions de thunes… soupire Césarine. C'est à cause de la pension de Wilfried. Il voudrait une augmentation et…

– Attends, attends… là, je ne te suis plus. De quelle pension s'agit-il ?

– La pension alimentaire, m'apprend ma fille. Comme lui gagnait rien avec la littérature et elle plein avec sa maison de couture, Ingrid a été condamnée, après le divorce, à lui verser des sous tous les mois. Il le vit pas bien, Wilfried, faut comprendre : à son âge, tendre la main, c'est pas évident ! Et, l'autre jour,

quand il a demandé une rallonge et qu'elle a dit
« non », il l'a mal pris. Félix aussi.

Une pension alimentaire... Wilfried! Ma tête
tourne. S'y mélangent en une ronde endiablée le dauphin tursiops, Félix, son père. Je ne sais plus où j'en
suis. Seule certitude : m'étonnerait qu'Albin trouve
ça bon.

Je lui saute dessus dès son retour d'Hespérus et
l'entraîne dans notre chambre, seul endroit désormais sûr.

– Wilfried vit aux crochets d'Ingrid.

Je sais, je sais, j'ai tort. L'éruption avait pratique-
ment disparu. Je devrais garder mes soucis pour
moi. Mais alors à quoi servirait un mari ?

– C'est comme si Félix et Césarine divorçaient et
qu'elle était condamnée à lui verser une partie de ses
cours de yoga.

– Ne parle pas de malheur, répond Albin en se
grattant furieusement les poignets. Pour divorcer, il
faut d'abord être marié. Et pour être condamné à
verser une pension, il faut s'être marié sous le régime
de la communauté. Je te ferai remarquer que nous
n'en sommes pas là.

Quoi qu'il en soit, j'ai décidé d'aller y voir de plus
près et, bien que ce ne soit pas mon genre de fripes,
je me rends à la présentation.

La maison de couture se trouve non loin des
Champs-Élysées. Grâce à ma bonne mine, je réussis
à entrer sans carton. Il y a foule sous les lustres en
cristal du vaste salon. On nous dirige vers des sièges
dorés. Il me semble reconnaître des têtes célèbres. Le
défilé commence aux accents de Mozart. D'exquises
créatures se succèdent dans leurs écrins d'étoffes
précieuses : soie, satin, mousseline, qui révèlent à
l'envi la beauté de leur anatomie.

L'ENFER.

L'enfer pour celles d'une génération sacrifiée qui
n'avait le droit de rien montrer de ses centres d'intérêt et qui, aujourd'hui où c'est autorisé, fortes de leurs
kilos compensateurs et de ce que les rigolos appellent

l'«âge vermeil», ne le peuvent plus et surtout, ne le pourront PLUS JAMAIS. Césarine avait raison : je n'aime pas, je déteste.

Et le plus douloureux, c'est Ingrid ! Dans son pyjama de soie (sauvage), bronzée par le soleil (d'Hawaii), elle éclate de beauté, de bonheur, de jeunesse (elle a dû se faire tirer). Ah ! il nous a bien eus, Félix, avec sa «pauvre maman» ratatinée dans ses dix mètres carrés ! J'ai la rage.

Le défilé terminé, je me lève comme Cendrillon ne songeant qu'à regagner son âtre lorsqu'un cri retentit : «ALBERTINE !»

Tout le monde s'est immobilisé : est-ce bien vers moi que se presse la reine de cette superbe manifestation ?

– Je suis si heureuse que vous soyez venue !

Sous le regard envieux des invités de marque, nous nous serrons la main. Il ne manquait plus que ça : JE SUIS FLATTÉE.

– Si vous voulez bien m'attendre un instant, nous irons dans mon cagibi, me glisse-t-elle à l'oreille. Nous y serons plus tranquilles pour papoter.

Elle a serré des mains, donné quelques interviews, jeté une cape de vison sur ses épaules puis m'a entraînée :

– Cela ne vous ennuie pas de faire quelques pas ? C'est à côté.

Elle m'avait reconnue grâce aux photos du *Roncier* que lui avaient offertes les «petits». Elle avait l'intention de m'appeler. La fenêtre du cagibi donnait sur l'Arc de triomphe. Il ne s'agissait pas, comme je l'avais imaginé dans ma candeur, d'une chambre de bonne mais d'une pièce louée par Ingrid à une amie dans son appartement de quatre cents mètres carrés. Un canapé Empire, un bureau de même style, quelques sièges, en composaient le mobilier. Les murs étaient égayés par ces jeunes femmes un peu avachies, à peau mate, dues à Gauguin. Un Van Gogh rappelait l'amitié ayant existé entre les deux peintres.

– Ce n'est pas bien grand, s'est excusée mon hôtesse, mais je ne viens là que pour dormir. Une salle de bains et un dressing sont à ma disposition. Lorsque nous avons vendu l'hôtel particulier après le divorce, j'ai pensé que ce serait la meilleure solution : plus de problèmes d'intendance, sans parler des impôts…

J'avais pris place sur le canapé. Elle a empli d'office deux petits verres de porto et elle est venue s'asseoir à mes côtés. Elle dégageait de troublantes fragrances : coriandre ? bergamote ? Ce parfum nommé *Osons* ? Par prudence, je me suis légèrement écartée : on en entend tellement sur les mœurs des couturiers !

– Vous dirais-je que si j'ai fait ce choix, c'est aussi à cause de Félix, a-t-elle avoué. Pour l'aider à s'envoler.

– Il ne s'est pas envolé bien loin, ai-je constaté avec aigreur.

– Pouvais-je prévoir qu'il rencontrerait votre adorable fille ?

Césarine, le pigeon ! Fille de deux bonnes poires. Maudit champ de maïs, maudit yoga qui enseigne à vivre à contre-courant de notre fabuleuse société de consommation, maudit Van Gogh que je n'aurai jamais sur mes murs !

– Peut-être, pendant qu'il est encore temps, devriez-vous mettre Félix à la porte, a osé me suggérer cette mère.

– L'ennui est que notre fille le suivra. Et nous tenons beaucoup à elle : courageuse, travailleuse…

– Quel gâchis, a soupiré Ingrid. Félix a de si rares qualités : doux, serviable, toujours le sourire aux lèvres…

– Le malheur est que tout ça ne nourrit pas son homme, n'ai-je pas hésité à lancer.

– Je sais, je sais, a-t-elle reconnu. J'y ai beaucoup réfléchi. Il me semble que l'exemple de Wilfried a été désastreux : un être plein de cœur, au demeurant, qui a tout fait pour combler le vide laissé par Georges.

Georges! Précieuse information sur le géniteur, voici qui n'est pas tombé dans l'oreille d'une sourde.

– Wilfried était très présent, a-t-elle poursuivi. Trop sans doute. À la vérité, pas moyen de le faire décarrer de la maison.

– C'est pour ça que vous l'avez jeté ? ai-je demandé dans le même style.

Elle a acquiescé :

– Pour tout vous dire, il avait installé son club de bridge chez nous. Cela faisait du monde jour et nuit, j'étais crevée. Il m'a bien fallu faire un choix : la maison de couture ou le tripot.

Soudain elle a toussé sans nécessité : une toux de gêne, mais plus discrète que celle d'Albin qui, lorsqu'il s'apprête à faire une déclaration délicate, roule dans sa gorge des charretées de gravats.

– N'ai-je pas entendu dire que votre sœur le fréquentait ?

– Ils jouent au bridge ensemble.

– Ne pourriez-vous lui conseiller d'être prudente ? Wilfried a un tel charme ! Et la passion du bridge peut mener à des excès.

Je n'ai pu retenir mon rire : Édith, des excès ? Quelle aubaine ce serait pour elle. Si elle continuait ainsi, toujours dans le droit chemin, ne pourrait-on pas dire qu'elle n'aurait pas vécu ? Pourtant le métier de son mari aurait dû l'y inciter, lui rappelant jour après jour qu'on ne vivait qu'une fois.

– Si vous voyez les choses ainsi !

Ingrid avait retrouvé son sourire et j'ai eu l'étrange impression que c'était davantage pour me parler de Wilfried que de Félix qu'elle m'avait attirée dans son antre. Un antre où je me sentais bien, à l'abri, où j'avais envie de me laisser aller à la douceur de vivre, loin des enfants, des maris, des soucis, comme les créatures au regard vide de Gauguin sur les murs.

Je me suis souvenue d'Albin qui a si peur de me perdre que, pour un quart d'heure de retard, il appelle police secours et j'ai reposé pied et esprit sur terre. Tandis que j'enfilais ma minable imitation loden en rentrant le menton, bombant la poitrine, dilatant les épaules, pour mettre en valeur ce qui me restait de corps, Ingrid Legendre m'a mesurée du regard.

– Passez donc me voir un de ces jours. Nous vous trouverons un petit ensemble. Cela me ferait vraiment plaisir.

CHAPITRE 17

L'appartement d'Édith me donne un cafard noir et ce n'est pas par hasard qu'en secret nous l'appelons, Albin et moi, le «caveau»; encore que certains caveaux soient moins tristes et même parfois rigolos avec leurs inscriptions désuètes sur l'amour et les regrets éternels.

Les chambres des trois garçons, tous envolés vers un brillant avenir, gardent leurs volets fermés, leurs meubles sont recouverts de housses. Lorsque l'un ou l'autre revient s'y poser, il est sûr de retrouver son lit et ses petites affaires : un reproche vivant pour moi qui non seulement suis désordonnée mais laisse descendre les lits d'enfance à la cave sans protester.

Lorsque je cours chez ma sœur, le lendemain de ma passionnante conversation avec Ingrid, première surprise : le salon a été transformé en salle de bridge.

– Je reçois désormais le club ici, m'apprend Édith. Wilfried trouve ça plus intime qu'une pièce louée.

Seconde surprise : sur l'une des tables, trône une machine à écrire flambant neuve, une feuille y est engagée, je m'informe innocemment.

– Tu fais de l'intérim, maintenant ? Les pompes funèbres vont si mal que ça ?

Édith a légèrement rougi.

– Wilfried a commis un petit opuscule sur le bridge, j'ai proposé de le lui taper.

Avec l'achat de l'instrument, ça revient cher la

page ! Pas franchement un excès mais il faut un début à tout. Je ne regrette pas d'être montée.

Je lance ma bombe :

— À propos de Wilfried, sais-tu qu'il reçoit une pension alimentaire de son ex-femme ?

— Et de qui voudrais-tu qu'il la reçoive, du pape ? répond Édith du tac au tac. C'est bien normal, non ? Ingrid a les moyens et lui, c'est un créateur.

Première fois de sa vie qu'Édith, terre à terre de tempérament, s'intéresse à la création, tout arrive ! Je me retiens de lui faire observer qu'Ingrid crée elle aussi un tout petit peu avec ses collections. J'ai comme le sentiment que celle-ci ne lui est pas sympathique.

— Et où il vit, Wilfried, tu le sais ?

— Où « vit-il » s'il te plaît, me reprend ma sœur qui, depuis quelque temps, s'érige en ardent défenseur de la langue française. Dans un petit hôtel parisien.

— Tu y es allée ?

— Moi, aller voir un monsieur à l'hôtel ? se rebelle Édith. Mais qu'est-ce que tu imagines : nos relations sont platoniques.

— Je voulais parler du hall, pas de la chambre à coucher, ma chérie !

Prise sur le fait de pensées coupables, elle pique un fard. Le bouvier tourne autour de moi, quêtant une caresse. Pas question ! Le caresser reviendrait à caresser sa maîtresse. Non que je n'aime pas Édith ; lorsque nous sommes séparées, elle me manque aussitôt, mais dès que je la vois, elle m'énerve au-delà du possible.

Il me reste une question à poser : celle pour laquelle je suis dans ces lieux.

— Est-ce que vous jouez fric ?

— Pas « fric », je t'en prie, « argent ». Une partie sérieuse est toujours intéressée, mais Wilfried refuse de rien recevoir de moi.

— Et des copains, il accepte ?

— Si tu les appelais des « partenaires », ne crois-tu pas que ça sonnerait mieux ? Eux, ce n'est pas pareil, ce n'est pas de la famille.

– MAIS WILFRIED N'EST PAS DE LA FAMILLE!

– Inutile de crier comme ça, me reproche Édith. Si tu me disais plutôt quel bon vent t'amène?

À quelques jours de là, ayant pris une demi-journée de repos pour flâner dans les quartiers chics de la capitale où rôde un parfum de printemps, voilà que je me retrouve dans la rue du petit hôtel où Wilfried a échoué après son divorce. Félix m'en a donné bien volontiers le nom.

Puisque je suis là, pourquoi ne pas entrer voir à quoi ressemble le gourbi de l'artiste?

Quatre étoiles scintillent à côté de la porte à tambour qu'un chasseur couvert d'or actionne pour mon altesse. Dans les profonds canapés du hall, des clients, pour la plupart venus des pays de pétrole, prennent le thé. Je vais droit à la réception.

– Monsieur Wilfried Legendre.

Le visage de l'employé s'éclaire : nous sommes bien à la bonne adresse et M. Legendre, détail qui a son importance, semble apprécié du personnel.

– Je crains qu'il ne soit sorti, madame.

Cela ne m'étonne pas puisque j'ai vu Wilfried il y a une petite heure entrer dans l'immeuble d'Édith; c'est même ce qui m'a donné l'envie d'aller faire un tour.

– Il se trouve actuellement dans sa résidence secondaire, m'indique aimablement l'employé. En voulez-vous le numéro?

Je note à tout hasard ledit numéro – celui de l'appartement de ma sœur – mais refuse de le déranger. Sans doute pourra-t-on me donner ici le renseignement que je cherche.

– L'un de mes amis américains doit séjourner prochainement à Paris et cherche un hôtel. Monsieur Legendre m'a dit le plus grand bien de cet établissement. Me serait-il possible de visiter une chambre pareille à la sienne afin, éventuellement, de la recommander à mon Californien?

– Rien de plus facile, madame.

Me voici dans l'ascenseur en compagnie d'un jeune homme plein d'attentions à mon égard. Je le suis dans les couloirs couverts d'épais tapis. Cela me fait un drôle d'effet d'être là, cela me donne envie de mener une double vie. Le jeune homme ouvre une porte.

Voilà ! Lorsque les autres me porteraient trop sur les nerfs, je viendrais me réfugier ici ; j'aurais cette chambre précise, avec un grand lit en satin, une salle de bains en marbre, un petit salon-bibliothèque-télé-vision. J'y mettrais des fleurs, j'emploierais un faux nom et, plus tard, rentrant à la maison, pleine de mon coupable secret, je me montrerais plus indulgente avec les miens.

— C'est bien la même chambre que celle de monsieur Legendre ?

— Sa jumelle, confirme l'employé. À cet étage-là, nous n'avons que des suites. Voulez-vous voir plus petit ?

Certainement pas : celle-là ou rien ! Ne me reste qu'à me renseigner sur les prix. Hélas ! Une seule nuit dans le petit hôtel représente à peu près ce que je parviens péniblement à mettre de côté en un mois de travail difficile et souvent décevant. Un rêve de plus qui s'effondre !

J'ai toujours eu un problème : je ne sais pas garder un secret. Vingt-quatre heures est mon maximum, et encore ! Alors que je m'étais promis de ne pas tourmenter Albin avec les fastes du père éleveur, je lui suis tombée dessus dès son retour d'Hespérus.

Je lui ai raconté mon équipée, me retenant par charité de lui parler de mon désir d'une double vie.

— Finalement, il est mieux logé qu'Ingrid. Aux Gauguin près, évidemment : ceux de l'hôtel sont des copies. Pas les siens. À ton avis, qui raque ?

— Quel langage ! a soupiré Albin. N'oublie pas que l'hôtel particulier a été vendu et qu'il s'agissait d'une communauté d'acquêts ; il a donc disposé de la moitié.

– Si je comprends bien, il mange l'hôtel particulier... à l'hôtel, ai-je plaisanté finement.

Avant d'en perdre le sommeil... Car où allait ma pauvre sœur? Je revoyais la machine à écrire flambant neuve dans la résidence secondaire de Wilfried, j'entendais les mots d'Ingrid : «La passion du bridge peut mener à des excès.» Certes, sur le moment, j'avais été tentée d'applaudir. Voici que je me retrouvais devant un cas de conscience : devais-je avertir Édith du danger ou la laisser vivre son expérience? Tant de fois me «l'avait-elle bien dit». Tiendrais-je enfin ma revanche?

À creuser.

CHAPITRE 18

– Une merveilleuse nouvelle, s'écrie Césarine ce soir-là. Devinez !

Les coupes à champagne alignées sur la table basse nous font craindre le pire.

– Félix a obtenu son diplôme de delphinologie, dit très vite Albin pour conjurer le mauvais sort.

Le coucou baisse la tête avec un soupir.

– De ce côté-là, ce serait plutôt une mauvaise, déplore Césarine. Les recherches sur le langage du dauphin s'arrêtent en France faute de crédits. Il n'y a plus que l'Australie pour s'y intéresser vraiment.

Ah ! l'Australie, Sydney, les aborigènes... Je fracasse volontairement mon rêve ; Gibraltar m'a ouvert les yeux.

– À toi, maman ! lance joyeusement Césarine.

Tant qu'à faire, exprimons un vœu sincère ; ça ne mange pas de pain.

– Félix a trouvé un VRAI travail.

– Comment ça, un «vrai» ? s'étonne Césarine. Et pas deux mois avant l'été, quand même ! L'été, on compte bien le passer ensemble, d'autant plus que...

Elle s'interrompt, échange avec Félix un regard mutin. Soudain, j'étouffe sous le poids d'un pressentiment. Je vais ouvrir la fenêtre ; le boulevard Saint-Éloi entre dans la pièce comme pour empêcher les mots irrémédiables d'être prononcés. Félix s'est tourné vers Albin.

– Puis-je vous demander la main de votre fille ?

Je tombe sur mon pouf parfumé, qui exhale un soupir au gazon tondu. Albin ne bouge pas. N'a-t-il pas entendu ? Fait-il le mort ? On lui a posé une question, qu'attend-il pour répondre ? Une réponse sincère et nette, comme il se doit en d'aussi graves circonstances : oui ou non.

Rien ! Rigidité cadavérique.

En désespoir de cause, le bébé couple s'est tourné vers moi. J'entends ma voix comme celle d'une autre, une personne très éprouvée, au bord d'une noire déprime.

– Mais pourquoi vous marier ? Vous n'êtes pas bien comme ça ?

– On est très bien, reconnaît Césarine. Mais, à la rentrée, Félix ne sera plus à la Sécu ; si on se marie, il pourra venir sur la mienne, ça s'appelle un « ayant droit ».

C'est alors qu'Albin se ranime pour prononcer ces paroles stupéfiantes dans la bouche d'un homme farouchement attaché à ses principes.

– Pour être un « ayant droit », une déclaration de concubinage faite sur l'honneur à la mairie suffit.

– PAPA !

Dans les yeux de Césarine, incrédulité, indignation.

– Le mariage, pierre angulaire de la société, c'est pas toi qui m'as toujours répété ça ?

– Il n'est pas interdit d'évoluer, répond froidement Albin.

« Avant qu'il ne soit trop tard », a dit Ingrid. Se doutait-elle ? Cette fois, je réagirai, il me semble qu'elle me pousse, je me tourne vers l'oiseau de malheur.

– Et vous, ça ne vous fait rien, mon vieux, de pirater la sécurité sociale de ma fille ?

– MAMAN !

– C'est juste en attendant de trouver du travail, se défend piteusement le coucou. Je compte chercher à la rentrée, après les vacances.

Quelle rentrée ? Il n'est pas sorti. Quelles vacances ? Il y baigne.

Sur un signe de Césarine, le futur ayant droit va

quérir la bouteille de champagne : une marque moins prestigieuse que celle offerte pour fêter le Sygiop (c'était le bon temps), la prochaine fois, nous aurons droit au mousseux. Il fait sauter le bouchon.

– Si ça vous choque pas trop, ce sera juste à la mairie pour commencer, nous avertit la fiancée.

Enfin une bonne nouvelle ! La mairie, pas l'église. La mairie, ça se défait, contrairement au mariage devant Dieu : le seul qui compte à mes yeux.

– Mais ça ne nous choque pas du tout, ma chérie. La mairie, c'est largement suffisant, inutile de passer par l'église... renchéris-je sous le regard horrifié d'Albin.

– On y pensera quand on aura des enfants, reprend Césarine. On sait combien vous tenez au baptême.

– Oh ! le baptême, tu sais, finalement, c'est pour les vieux, le baptême...

Albin a un hoquet. Ça lui apprendra à défendre le concubinage. Et s'il avait refusé la main de sa fille, nous n'en serions pas là.

– Faut comprendre qu'au regard de Dieu, nous, on s'estime déjà mariés, poursuit Césarine. Dieu, on ne va pas le chercher dans une église, une mosquée ou un temple, il est là !

Elle se frappe vigoureusement la poitrine.

– Bien vu ! dis-je. Il est là.

– Pour Kierkegaard... intervient Félix.

– Kierque quoi ? demande Albin.

– Le philosophe danois, explique Césarine. Ça vous intéresse de savoir ce qu'il pense de tout ça ?

– Une autre fois, dit Albin qui vide sa coupe d'un trait.

– Mais on n'a même pas trinqué, papa ! s'écrie Césarine.

Félix oublie Kierkegaard pour remplir à nouveau la coupe de mousseux. Nous trinquons ; personnellement, je fais semblant.

– Figurez-vous que le père de Félix voulait venir lui-même vous demander ma main, raconte Césarine. Avec gants blancs et tout, bonjour la surprise !

Le bébé couple se bidonne, pardon, « se gausse ». Je demande :

— Et Ingrid, elle est au courant ?

— Pas encore, répond Césarine. On tenait à vous réserver la primeur.

— Et vous pensez... faire ça quand ? demande Albin avec douleur.

— Début juillet à Saint-Rémi. Dans l'intimité bien sûr. Grand-mère est d'accord pour prêter la maison ; elle tient à m'offrir l'alliance.

Le mariage a eu lieu le samedi six juillet en présence des seules familles, moins Lionel qui n'avait pas jugé bon de se déplacer, même pour nous apporter son réconfort moral. Deux jeunes, style S.D.F., servaient de témoins aux mariés. Césarine m'avait emprunté ma fripe culte du *Roncier* qui, en effet, était devenue à la mode. Félix portait la robe blanche de Gandhi. Ils avaient choisi la séparation de biens avec communauté d'acquêts : les acquêts étant le fruit du labeur de Césarine mais pas le pécule du parasite.

Trois personnes auraient pu tenir sous l'éblouissant chapeau d'Ingrid. Dans sa jaquette de location, Wilfried était superclasse, Édith n'avait d'yeux que pour lui ; c'en était gênant pour Jean-Eudes.

À propos d'yeux, j'avais ouvert ceux de ma sœur sur le « petit hôtel ». Elle était au courant des étoiles. « Un beau cadre est indispensable à un artiste », avait-elle déclaré. Et lorsque j'avais parlé de la « résidence secondaire », elle avait ri aux éclats. Je n'avais pas insisté. Advienne ce qui adviendra. Je le lui aurai bien dit.

Et maman ? Seul comptait à ses yeux (comme aux miens) le mariage devant Dieu, aussi prenait-elle ce qui se passait ainsi qu'un aimable divertissement. D'ailleurs, le bébé couple ne s'était-il pas déguisé ? Et s'il lui plaisait mieux d'apparaître sur un registre en tant qu'époux plutôt que comme concubin, quelle importance ? Quant à l'« ayant droit », bravo ! Jamais elle n'y aurait pensé. Toujours ça de récupéré sur l'ennemi (l'État).

L'alliance, classique, qu'elle avait donnée à sa petite-fille faisait drôle à côté des poils d'éléphant tressés : sa bague de fiançailles, offerte par Félix, tous deux ayant refusé le diamant proposé par Ingrid.

Ce n'est pas que je sois vénale, mais je vivais mal ce refus. Qu'ils préfèrent un poil d'éléphant à une pierre précieuse, libre à eux ! Mais ils auraient pu penser que celle-ci ferait un excellent troc ! (Échange super diamant contre studio : par exemple.)

Le buffet asiatique de Thaï était succulent. À voir l'appétit des témoins, on comprenait qu'ils n'avaient rien mangé depuis un mois. D'où sortaient-ils ? Comment avaient-ils été choisis ? À creuser.

La golden mamie a tout de suite sympathisé avec Ingrid. Elles n'ont cessé de parler. CAC 40, indice Nikkei ou Dow Jones. Rien de choquant finalement puisqu'il s'agissait d'un mariage d'argent, pas si différent de ces unions « arrangées » entre immigrés et natifs du pays pour bénéficier des avantages sociaux. À cette fâcheuse différence près que la native et le coucou s'aimaient.

Alors que la fête battait son plein, une avalanche de fleurs s'est déversée dans la maison, accompagnée d'un télégramme en anglais signé « Georges ».

— Papa ! s'est écrié Félix avec émotion.

— Le père import-export, a précisé Césarine.

— Tiens, je le croyais perdu dans la nature, celui-là, a remarqué Albin.

— Aujourd'hui, c'est pas parce qu'on rompt les ponts qu'on les coupe, lui a fait observer sa fille. Félix a appelé Georges pour lui annoncer la bonne nouvelle ; malheureusement, le Japon, c'était un peu loin pour qu'il fasse un saut.

Le Japon ? À creuser. La dernière note du téléphone – astronomique – toute creusée.

Les jeunes mariés sont partis en voyage de noces au *Roncier* ; ainsi la maison serait-elle ouverte lorsque nous viendrions y prendre nos vacances.

TROISIÈME PARTIE

Le bigorneau perceur

CHAPITRE 19

Deux ans! est-ce possible? Deux ans déjà que, par une journée de septembre qui s'annonçait sans histoire, Césarine ramenait à la maison un jeune philosophe castreur de maïs dont le sourire sans malice ne laissait en rien présager qu'il allait nous miner la vie.

Sans méfiance, nous lui avions ouvert notre porte, heureux même que notre fille ait trouvé l'âme sœur. Parlons-en de l'âme sœur! On se demande ce qu'elle lui trouve, au coucou: toujours d'humeur égale, à l'écoute, affectueux, serviable et, le pire, bien avec lui-même, à l'aise dans sa peau de parasite, pas complexé pour un sou. Souvenons-nous que, petite fille, Césarine marquait une nette préférence pour les poupées «garçons», la voilà servie, les voilà mariés!

Force est de reconnaître qu'Édith a fait montre d'esprit de famille. Félix avait émis l'audacieuse idée de chercher du travail à la rentrée? On allait le prendre au mot: elle l'a fait engager par Jean-Eudes comme porteur.

Un bon porteur, toute la profession vous le dira, est devenu l'exception. De race blanche, cheveux courts, ne portant pas les baskets, respectueux du défunt, tels sont les plus demandés. Mais ceux, rarissimes, qui remplissent ces conditions, réclament leur samedi et refusent de porter la casquette et les gants, prétendant que ça fait larbin. Comme si c'était eux que les spectateurs regardaient.

Le porteur jouit d'un bon salaire, sa livrée lui est

fournie et il touche une allocation-repas. Miracle, Félix a tout de suite accepté, et avec enthousiasme encore. Il est vrai qu'il considère le passage sur l'autre rive comme naturel. (Césarine aussi.) Voici quinze jours qu'il travaille chez Thanatos Père et Fils.

– Tout ça est carrément excellent, se réjouit Albin. Sans doute avons-nous été trop pessimistes : il ne demandait qu'à s'y mettre, ce garçon. Un travail qui lui plaît et le tour est joué.

Bref, nous nous prenons à rêver. Pourquoi Félix ne monterait-il pas en grade ? Dans l'échelle des qualifications, vous trouvez, tout en bas, le fossoyeur, généralement recruté sur place ; vient ensuite le porteur, devancé par le conducteur de corbillard (exclu pour quelqu'un qui n'a pas son permis), puis c'est le maître de cérémonie ; enfin, l'ordonnateur (Jean-Eudes).

Est-ce par solidarité familiale qu'Édith a agi ou pour faire plaisir à son cher Wilfried ? Affaire à éclaircir. Toujours est-il que la situation catastrophique de notre duplex, face à l'appartement de ma sœur, trouve enfin sa justification : le coucou n'a que la rue à traverser pour aller chez son patron, qui l'emmène en voiture jusqu'à l'entreprise. L'un étant aussi silencieux que l'autre : ambiance garantie.

« Est-ce qu'il y a quelqu'un ? » Hier, rentrant d'Hespérus, Albin a lancé à nouveau la phrase coutumière ; en y répondant, ma voix tremblait un peu.

Albin est Vierge dernier décan : un signe à la réflexion pas si fameux qu'il n'y paraît. Organisé, certes, muni d'un solide sens critique, perfectionniste, très bien tout ça ! Mais quand cela tourne à la maniaquerie, cela peut devenir franchement cassepieds pour l'autre, surtout si cet autre est Sagittaire comme moi, signe de feu et de fantaisie.

Nous avons invité quelques amis pour fêter ses soixante-quatre ans. On a beaucoup parlé « retraite » : un certain nombre y étaient déjà, plus qu'un an et ce serait le tour d'Albin. Il projette de se partager entre Le Roncier et Paris. Peut-être cesserai-je de travailler.

Depuis quelque temps, j'ai moins de cœur à l'ouvrage, je ressens comme une lassitude. Édith me le faisait encore remarquer hier ; en quelques mois, j'ai pris dix ans. Elle m'a même proposé de me prêter son exfoliant.

L'exfoliant se trouve sur la table de toilette de toute femme désireuse d'entretenir son capital beauté. À l'aide de billes abrasives, ce produit libère le visage de ses cellules mortes ; l'usage effréné qu'en fait ma sœur m'a mis la puce à l'oreille : n'y aurait-il pas du Wilfried là-dessous ?

– Son opuscule sur le bridge va être publié, m'a-t-elle annoncé, tout excité. Il s'intitulera : *Le Baiser à la reine*.

– N'est-ce pas un peu osé ?

– Qu'est-ce que tu vas chercher ? Il s'agit d'un coup de bridge fameux.

N'empêche, des coquins, ces bridgeurs ! Je laisse exploser ma joie ! Wilfried enfin en librairie ! Il doit être fou de bonheur. Rien ne m'étant indifférent de ce qui concerne la famille, sitôt rentrée à la maison, je me rue sur le téléphone pour appeler l'éditeur qu'elle m'a cité : un nom qui m'est parfaitement inconnu. Et voilà qu'à ma grande surprise, à peine ai-je mon interlocuteur au bout du fil qu'il propose de me publier, moi ! Oui, moi qui n'ai jamais pu aligner trois mots ! « Mais si, mais si, insiste une voix suave, vous avez bien dans vos tiroirs un manuscrit que nous vous aiderons à mettre en forme… » Ce bonheur d'être imprimée sera payable en deux fois : une à la remise du manuscrit, l'autre à la sortie du chef-d'œuvre, trois publicités garanties.

Hélas, j'ai compris : *Le Baiser à la reine* va être édité à compte d'auteur. Baiser empoisonné, oui. Retirez quelques lettres du titre et vous avez la réponse. Ah ! elle s'est fait avoir, la reine. Car nul doute, après avoir tapé le manuscrit, c'est Édith qui passera à la caisse.

Réflexion faite, je renonce à la mettre en garde : elle risquerait d'en prendre ombrage. N'oublions pas

que le destin de Félix repose entre les mains de Thanatos.

Et, à ce propos, nous en apprenons de belles!

Les familles se montrant aujourd'hui réfractaires à
la dépense, les entrepreneurs de Pompes funèbres
sont condamnés à travailler de plus en plus sur le
vivant. C'est ainsi que Jean-Eudes propose un plan
épargne-obsèques à versements libres, dans lequel
le souscripteur précise ses vœux quant à sa dernière demeure: peuplier, merisier, acajou? Poignées
bronze ou imitation? Couche satin ou coton? Abonnement floral? Ainsi, le futur trépassé peut-il être
assuré que ses volontés seront respectées. Et, le jour
venu de son départ, ses proches dans le désarroi
n'auront à s'occuper de rien et percevront même un
boni si les versements ont dépassé les frais.

Durant les temps morts de Félix, Jean-Eudes l'initie au placement du contrat dont l'intitulé est:
« Gâtez-vous vous-même. »

Bref, de ce côté-là, tout va pour le mieux. Seul
point d'interrogation, notre gendre porte depuis peu
des lunettes noires et Césarine essuie fréquemment
ses yeux.

– J'ai à te parler, m'man!

Phrase redoutée. Corde au cou, je suis ma fille jusqu'à l'ashram. Elle s'installe dans la posture du diamant: assise sur les talons, genoux joints, paumes
offertes. Je m'affale sur mon pouf parfumé.

– Félix a un problème!

– Pas avec Jean-Eudes, au moins!

– Avec les clients. Ça les met mal à l'aise de le voir
pleurer leur défunt.

– Mais pourquoi pleure-t-il leur défunt?

– Parce que les clients le font pas, tiens! Et proposer à tous ces pauvres vieux qui ne demandent qu'à
vivre encore un peu de préparer eux-mêmes leur
départ, ça lui sape le moral à Félix. Nous, on s'occu-
pera de tout, promis.

Voilà que, par avance, les larmes affluent aux yeux

de Césarine. Les miens me piquent. Elle émet un profond soupir :

– Et puis, ça le ramène trop à son grand-père !

Tiens ! D'où il sort celui-là ? On n'en avait encore jamais parlé. Je demande avec tact :

– Lequel ?

– Le maternel, le père d'Ingrid.

– Et où est-il ?

Césarine se tourne vers la cheminée où trône le vase aztèque de Félix, seul objet que je n'ai pas le droit d'épousseter alors que mon plumeau est le bienvenu partout ailleurs dans la maison. Il m'a toujours semblé étonnant que ce vase ait un couvercle : ça ne colle pas avec le style précolombien.

– Il est là, répond Césarine avec tendresse.

– COMMENT ?

– Eh bien oui, il est là ! Respire, maman, respire.

– Mais je ne veux pas de ça chez moi !

Césarine abandonne la position du diamant pour sortir son mouchoir.

– « Ça » ! regarde comme tu parles d'un mort ! Et où veux-tu qu'on le mette ? À l'hôtel avec Wilfried ? Dans les dix mètres carrés d'Ingrid qui voyage tout le temps ? C'est Félix le plus stable.

– MAIS IL EXISTE DES COLUMBARIUMS ! C'EST STABLE, UN COLUMBARIUM !

– Son grand-père avait fait promettre à Félix de le garder à la maison : il était très famille.

Un de plus ! Wilfried, Félix : jamais deux sans trois. Et on dira que l'esprit de famille se perd.

– Et tes yogis ? Ça leur fait plaisir que le grand-père assiste aux sessions ?

– Ils trouvent que c'est plein de bonnes ondes, répond Césarine. Félix l'adorait. D'ailleurs, il trouve que papa lui ressemble, ça l'a tout de suite frappé. Mais lâche prise, maman, détends-toi !

Si je lâche un jour quelque chose, ce sera l'urne. Je cours fuir la réalité sous ma couette et lorsque Albin lance son fameux : « Est-ce qu'il y a quelqu'un ? », je fonds sur lui. Et comment il y a quelqu'un ! Césarine est dans sa chambre, j'entrouvre la porte de l'ashram et montre le vase aztèque.

– On a aussi le grand-père.

Albin a du mal à suivre le fil des événements. Il refuse de me croire. Un vrai saint Thomas, il faut toujours qu'il touche. Il refuse d'aller jusque-là mais je vois bien que ça ne lui plaît pas plus qu'à moi d'être ainsi envahi. Lui aussi a pris dix ans d'un coup. J'évite de parler de la ressemblance avec l'hôte de l'urne pour qu'il n'en prenne pas vingt.

Toujours est-il que lorsque Édith m'a convoquée pour m'annoncer que Jean-Eudes était désolé, il ne pouvait garder Félix, celui-ci prenait son travail trop à cœur, j'y étais préparée. L'ai-je vraiment regretté ? L'atmosphère à la maison devenait franchement funèbre. Et il y avait une merveilleuse nouvelle : grâce à une cliente de Césarine, directrice d'école, Félix avait trouvé un emploi d'animateur-nature.

CHAPITRE 20

L'animateur-nature fait découvrir aux petits cita-
dins, un lac, une forêt, une tourbière, les bienfaits du
chiendent sauvage, les secrètes vertus du mouron des
oiseaux. Son but est d'amener une jeunesse élevée
dans le béton, sous des ciels empoisonnés, à goûter
un instant au cadre de vie qui aurait pu être le sien.
Ce programme s'adresse impérativement aux moins
de douze ans, au-delà de cet âge l'enfant étant déjà
adapté à son environnement immédiat et préférant
mille fois prendre l'air devant sa télévision que dans
la verdure.

Le salaire de l'animateur-nature n'a, hélas, rien à
voir avec celui de porteur de cercueil, mais il bénéficie des vacances scolaires et touche une prime à la
mobilité. De plus, ainsi que nous le fait remarquer
Césarine, ce travail sera pour Félix un « module supplémentaire dans son portefeuille de connaissances »
(*sic*).

Albin broie du noir. Il avait sincèrement misé sur
Thanatos, filière d'avenir. Et l'autre soir, lançant
machinalement son « Est-ce qu'il y a quelqu'un ? »
n'a-t-il pas entendu la voix joyeuse de l'animateur-
nature répondre : « Nous. »

Nous qui ? Nous deux Césarine ? Nous trois Césarine, le grand-père et lui ? Ça l'a tué.

J'ai eu des mots avec Édith. Que Jean-Eudes ait
viré Félix pour trop de conscience professionnelle,
ne lui a fait ni chaud ni froid, je l'ai bien senti.

– Que veux-tu, il démoralisait la clientèle avec ses mines d'enterrement! Les gens se plaignaient. Et puis quand même, ta fille exagérait!

– Ma fille? Qu'est-ce qu'elle a à voir là-dedans, ma fille?

– Faire glisser par Félix sa carte de visite aux familles éplorées, tu ne trouves pas que c'est aller un peu loin?

Quand on attaque Césarine, c'est automatique, je dégaine.

– Tout le monde n'a pas les moyens de s'offrir de la pub à compte d'auteur, ai-je fait remarquer d'une voix suave à la reine.

Cela ne m'a pas été pardonné.

L'effectif de l'animateur-nature est d'une vingtaine de gamins. Un car conduit les futurs écolos sur le lieu de la découverte – prière de se munir d'un goûter. Au début, Félix était accompagné par un titulaire du poste, il vole à présent de ses propres ailes. Est-ce bien moi qui emploie ces mots pour le coucou: voler de ses propres ailes? Certaines se contentent de peu! Enfin, trois semaines ont passé et il tient.

– J'ai à te parler, m'man!

Damned!

– D'accord, mais on attend ton père.

L'urne m'a refroidie. Si la grand-mère est là aussi, je préfère être deux pour supporter le choc. Césarine fait la grimace:

– Papa et toi, ça fait un peu noyau dur.

– Et Félix et toi?

Ça fait quatre pour l'explication qui, cette fois, aura lieu au salon.

– Félix se pose un problème de conscience.

Manquait plus que ça! Albin et moi nous tournons comme une seule femme (dirait golden mamie) vers le coupeur de cheveux en quatre: qu'il s'explique lui-même pour une fois.

Il commence par s'éclaircir la gorge, tic qu'il a volé à Albin.

– Seringues et préservatifs, s'arrache-t-il.

C'est ça, l'économie de paroles! Un exercice auquel il excelle. Césarine prend *illico* le relais.

– Ah! elle est belle, votre nature! (Et pourquoi la nôtre?) Partout où il emmène les gamins, c'est ça qu'ils trouvent: seringues et préservatifs. Et ils veulent tous faire collection; ça les amuse bien plus que le mouron des oiseaux. Vis-à-vis des parents, vous voyez le problème s'ils ramenaient une maladie, je vous dis pas laquelle.

Inutile, elle me prend à la gorge. Et si c'était Félix qui la ramenait? Il la transmet à Césarine, elle la communique à ses élèves, ils la refilent à leur famille... Je sais bien, c'est stupide, et même indigne, de penser ça, mais comment empêcher son imagination de vagabonder? Albin, esprit cartésien, rompt le silence.

– Bien sûr! Vous pouvez renoncer, mon petit Félix. Mais ne serait-ce pas un échec supplémentaire après ceux, immérités, du dauphin tursiops et de Thanatos? Bottez-vous le derrière, que diable! Avertissez les autorités, emmenez les enfants dans des endroits plus sains, trouvez des idées!

Comme j'ai bien fait d'exiger la présence de mon mari! Quel estomac! Césarine renifle, Félix s'est redressé. Aurait-on, dans l'urne, tenu un même discours?

– C'est d'accord, murmure-t-il. Je me battrai.

Dans son bec, c'est une grenade dégoupillée.

Ce jour-là, je reçois dans mon perchoir un universitaire dont le fils, seize ans, rêve d'embrasser la belle carrière de C.R.S., ce qui ne plaît pas du tout à l'enseignant qui en est resté à C.R.S.-S.S., *damned* Mai 68! lorsqu'il me semble entendre, à l'étage inférieur – ma résidence principale – un grand remue-ménage: une session plus animée que les autres?

Le calme retrouvé, je reviens à mon client qui compte sur moi pour convaincre le jeune Achille que son choix est détestable et que, doué intellectuellement comme il l'est, il ferait mieux de songer à une carrière de prof.

PAS D'ACCORD!

Dans ce monde de foire d'empoigne, lorsqu'on a la chance d'avoir un gamin qui a choisi sa voie – et quelle voie : représentant de l'ordre! –, c'est folie de le décourager. Sans hésiter, je fais donner l'artillerie lourde : bien sûr, je comprends que pour un enseignant, «représentant de l'ordre», ça sonne mal. Que monsieur Albert Cohn-Bendit comprenne que c'est probablement par besoin de rigueur, de discipline, après une éducation trop permissive (je suis bonne) que son fils a porté son choix du côté de la force publique.

Ledit Albert prend la chose plutôt mal. Lorsque je l'avertis que s'il m'envoie Achille j'applaudirai à sa vocation, il se lève et claque la porte : au moins un que Césarine n'aura pas!

Depuis quelque temps, je le reconnais volontiers, j'ai tendance à m'énerver. Le doute s'est introduit dans mon esprit : qu'est-ce exactement qu'une capacité d'excellence? Ne peut-on la trouver dans le mauvais? La tyrannie, voyez Hitler et ses comparses, la malhonnêteté, voyez certains clubs de foot, des politiques, la paresse, voyez... Bref, la liste n'en finirait pas de ceux qui se réalisent dans le détestable (et qui ne s'en regardent pas moins tous les matins en face avec satisfaction dans leur glace).

Vite, ouvrons la fenêtre pour dissiper les mauvaises ondes. Et que vois-je comme j'emplis mes poumons d'oxyde de carbone? UN CAR devant ma porte cochère, boulevard Saint-Éloi. UN CAR marqué «Transport d'enfants». Un car vide de clients, au volant duquel somnole un conducteur de CAR.

Je descends ventre à terre les cinq étages et frappe violemment au carreau; le bonhomme s'éveille en sursaut.

– Où sont les gamins?

– Chez monsieur l'animateur-nature, répond-il. Moi, je vais où on me dit d'aller.

Je grimpe en surmultipliée jusqu'au domicile de l'animateur. D'indiscrètes fragrances – lavande? jasmin ? opium ? – indiquent qu'une session de yoga est en cours. Du salon, montent des bruits d'océan.

Ils sont partout. Perchés sur les sièges, accrochés aux rideaux, affalés sur la moquette : vingt gamins, canette au poing, se bourrant de sucreries, fascinés par l'écran où dansent les dauphins tursiops. Une voix enregistrée – ne nous fatiguons pas – leur conte la belle aventure de l'animal le plus proche de l'homme. Un Félix radieux surveille son petit monde, nul ne prête attention à ma personne.

Vingt à la fois de ces extraterrestres que sont devenus les enfants, c'est trop pour moi, j'ai peur, je l'avoue. Je bats en retraite sans rien dire. *Damned* soit de moi ! Là-haut, Denise Ben Bella m'attend, c'est mon jour !

Lorsque, la nuit tombée, je suis redescendue, me préparant au pire, tout était dans un ordre parfait. Nul n'aurait pu soupçonner qu'une classe-nature avait eu lieu entre mes murs. Et il fallait vraiment un esprit retors pour aller dénicher, derrière un rideau, une canette oubliée d'un breuvage désolant, tiré d'une plante d'Amérique du Sud, qui sort les jeunes de leur apathie pour les jeter dans les drogues douces.

Césarine et Félix reposaient, enlacés, sur le lit fakir.

– L'expérience est terminée, ai-je lancé.

– Trouver des idées… aller dans des endroits plus sains… Félix n'a fait que suivre les conseils de papa, a protesté Césarine. Si t'es pour la propagation du sida, dis-le tout de suite, maman.

J'ai brandi la canette.

– Je suis pour les classes-nature ailleurs que dans mon appartement et en buvant autre chose que du poison.

Césarine a eu un sourire triste.

– Inutile de crier comme ça, c'est fini. Félix a informé la directrice : il est viré et moi j'ai perdu une cliente.

CHAPITRE 21

C'est ici que se situe l'épisode Léon! Ou plutôt celui où sa mère, Mme Poupinot, vient me supplier de sauver ce petit garçon doux, souriant, serviable, qui adore descendre les poubelles, s'amourache d'un ciel étoilé, mais dont le moteur n'embraye pas. Qu'en dit M. Poupinot déjà? «Un objecteur de conscience de la vie.» Du travail, oui, de l'effort: un fainéant!

Et alors que, hier encore, j'aurais réconforté la pauvre femme, affirmant comme mon père que nul n'est un bon à rien, une immense lassitude m'emplit, mon subconscient me monte aux lèvres, je profère mon «Tuez-le» et je vois Félix tomber.

Nul doute, j'avais besoin d'aide. Rien à attendre du côté d'Albin, lui-même anéanti, maman brandirait l'étendard des femmes, la reine Édith n'avait pas encore digéré ma flèche, je suis donc allée trouver le docteur Legrêle dont ma crémière me faisait grand éloge: un psychiatre, pas l'autre, pas celui qui vous couche sur le divan et attend pendant sept ans (le minimum à notre âge) que l'on ait enfin exhumé sa blessure d'enfance. Comme si nous n'étions pas tous des éclopés de cette seule partie à peu près potable de notre vie!

Le docteur Legrêle avait un splendide bureau avec fauteuil en cuir tournant, signe de sa réussite. Crâne lisse, lunettes, sourire qui vous incitait à ne rien lui cacher. J'en ai aussitôt profité et lui ai raconté toute l'histoire jusqu'à l'injonction fatale.

– Suis-je un monstre, docteur ?

Il a passé la main sur son crâne, caressant affectueusement son cerveau.

– Votre présence ici ne tendrait-elle pas à prouver le contraire ? Pouvoir parler de ce désir de meurtre n'indique-t-il pas que vous êtes une personne plutôt saine ?

Devais-je en conclure que mon pauvre Albin, qui regardait avec horreur ses désirs d'extermination, était moins sain que moi ? À vrai dire, cela ne m'aurait pas franchement étonnée. Mais nous n'étions pas là pour parler de mon mari (bien qu'il y ait énormément de choses à dire à son sujet).

– Croyez-vous être la seule à souhaiter la disparition… d'une gêne ? a poursuivi le docteur Legrêle. Et à en éprouver un sentiment de culpabilité ?

– D'autant que cette… gêne se trouve être le mari de ma propre fille, lui ai-je rappelé.

– L'essentiel n'est-il pas que vous sachiez fort bien que jamais vous ne passerez à l'action ?

– Ça, jamais ! ai-je renchéri. Lorsqu'il m'arrive d'imaginer mon gendre, qui ne sait pas nager, basculant en plein hiver d'un pont parisien, revêtu d'une canadienne fourrée et de lourdes bottes de cuir, que se passe-t-il ? Au dernier moment, prise de remords, je plonge, je le sauve, j'ai même les honneurs de la télévision.

Le docteur Legrêle m'a regardée avec le plus vif intérêt. Quel plaisir de raconter ses rêves sans faire bâiller ! À nouveau, il a caressé son cerveau.

– Et si nous parlions de votre fille ?

J'ignorais que j'avais mangé mon pain blanc. La suite de l'entretien a été proprement abominable. Sans percevoir le danger, j'ai longuement chanté les louanges de ma Césarine : travailleuse, responsable, généreuse. Bien sûr, souvent dans les nuages, sujette aux chimères, refusant de voir la réalité en face.

C'est là que ça a commencé.

– Quelle réalité ? a demandé le praticien.

– Eh bien, qu'elle court à la catastrophe ! Qu'en épousant ce garçon, elle a commis l'erreur de sa vie.

– Ne l'a-t-elle pas choisi en connaissance de cause ?

– C'est ce qu'elle croit, bien sûr ! Mais la cause est sans espoir, elle s'en apercevra tôt ou tard.

– Ne vous êtes-vous jamais demandé si elle ne l'aimait pas tel qu'il était ?

Évidemment, je me l'étais demandé ! Et la réponse était : « Non. » Non et non ! Impossible qu'une fille aussi épatante aime cet incapable. Quant à moi, franchement, je n'étais pas venue ici pour entendre parler maman…

– Ne serait-ce pas vos rêves que vous projetez sur votre fille ?

Un comble ! Voilà qu'il m'accusait d'être comme ces parents qui venaient implorer mon aide : braqués sur leurs propres souhaits, songeant plus à leur satisfaction qu'au bonheur de leur enfant.

– Je ne cherche que le bonheur de Césarine, le mien, je m'en fous !

Ce cri du cœur m'a fait monter les larmes aux yeux. Le tortionnaire n'en a eu cure.

– Et si ce bonheur, elle l'avait trouvé… avec Félix à la maison ?

Les minets au foyer, la femme au charbon : re-maman !

– Je n'y verrais aucun inconvénient, docteur, si cette maison n'était la mienne.

– Pour les y avoir acceptés jusque-là, n'est-ce pas que vous y trouvez votre compte ?

La fureur a séché mes larmes. Mon compte… Suggérait-il, le joyeux drille, que j'étais maso ? Et pourquoi pas mon pauvre Albin, lui aussi ? Ça nous plaisait donc de voir notre baignoire, notre machine à laver, notre Frigidaire, notre salon et notre fille annexés par un ectoplasme ?

– Nous ne les avons acceptés que parce que nous n'avons pas les moyens de les aider à se loger ailleurs, n'ayant, nous-mêmes, pas terminé de payer les traites de notre appartement.

... ce duplex de malheur qui nous coûtait les yeux de la tête. Nous aurions mieux fait d'imiter Ingrid : dix mètres carrés et Hawaii !

– N'est-ce pas ce qu'il vous plaît de croire ?

L'eau de la Seine a tourbillonné dans ma poitrine.

– Et si vous me parliez de votre mère ? a demandé l'autre sans se douter de rien.

Celle-là, je l'attendais : la question bateau, tout vient de la mère, pauvres mères ! J'étais prête.

– Ni ma mère, ni ma sœur, ni les cendres du grand-père n'ont rien à voir dans cette affaire.

Et vlan ! Qu'allait-il répondre à cela ?

– En êtes-vous bien certaine ?

J'ai touché le fond. Ah ! il l'avait trouvé, Legrêle, sa capacité d'excellence : le point d'interrogation. En banderilles dans la poitrine des zozos sans cervelles qui faisaient confiance à leur crémière. (Elle allait m'entendre, celle-là.) J'ai regardé l'eau glacée couler sous le pont, un sourire m'est monté aux lèvres.

– Vous est-il arrivé, cher docteur, ne serait-ce qu'une seule fois, de répondre clairement à une question ?

– Existe-t-il une réponse claire à quelque question que ce soit ?

Je me suis levée :

– Je vous dois combien ?

Et là, miracle, il a répondu tout de suite, sans hésiter, sans chercher à savoir si la somme astronomique qu'il réclamait à une femme succombant sous les traites de son duplex était justifiée, sans mettre le plus petit point d'interrogation au bout de sa phrase.

– Eh bien voilà, rien n'est perdu, ça vient de vous arriver.

Son cerveau s'est congestionné, j'ai payé et je me suis tirée.

Comme le remarque si justement Freud – lorsqu'il ne divague pas à propos du sexe –, toute expérience, si désagréable soit-elle, peut porter son fruit. Ce désolant entretien m'aurait permis d'accomplir un transfert. Ce n'était plus Félix que je voyais tomber du pont mais le docteur Legrêle. Avec cette différence : je ne plongeais pas pour le sauver.

CHAPITRE 22

Lionel insiste. Il tient absolument à nous avoir à Toulon, Albin et moi, pour les fêtes. Nous ne voyons jamais nos petits-enfants, ce sera l'occasion ! Il regrette de ne pouvoir recevoir aussi le bébé couple, la maison n'est pas assez vaste.

Seulement nous deux ? C'est ce qui décide Albin. Noël dernier lui est resté en travers de l'orteil marteau. Il a encore huit jours à prendre avant la fin de l'année, Toulon tombe à pic.

Timidement, j'émets un vœu :

– Si nous nous partagions entre Lionel et maman ? Noël à Toulon, le Premier de l'An à Saint-Rémi ?

– Pas question, tranche Albin. Ta mère, ça ne serait pas du repos : elle est folle !

Césarine ne prend pas ombrage de n'avoir pas été conviée. De toute façon, elle n'aurait pu accepter : durant les vacances, elle va créer une session yoga-enfants. Grâce aux nouvelles cartes distribuées à l'école par l'animateur-nature, elle a des demandes. (Et certains petits ne connaissent-ils pas déjà le chemin de la maison ?)

– Et puis, faut pas se faire d'illusions, m'man ! Félix et Lionel, ça collera jamais.

Mon cœur se serre. Quelle mère ne rêve à une véritable entente entre ses enfants ?

– Et pourquoi ça collera jamais, ma chérie ?

– Lionel est jaloux. Il sait bien que celui qui vit, c'est Félix.

153

– Parce qu'il ne vit pas, ton frère ? Avec sa belle situation, sa maison en pierre de taille, Marie-Sophie et leurs trois enfants...

– Y'a qu'à regarder sa face ouest (le dos en langage-yoga), déclare Césarine. J'ose pas penser à ses dorsales ! Mal de dos, mal de l'âme.

Tiens, tiens ! Et la face ouest d'Édith ? Elle est sans arrêt fourrée chez le kiné. Mal de l'âme, Édith ? En aurait-elle une ? À creuser.

Je profite de cette intéressante conversation pour éclairer Césarine. (Quoi qu'en pense Legrêle.)

– T'es-tu jamais demandé, mon trésor, ce qui se passerait si tout le monde vivait comme Félix ? Sans rien créer, en se laissant bercer par la vie ? (En étant un abominable parasite, je maintiens.)

– Mais il ne se laisse pas du tout bercer, m'man ! Il crée, Félix. Il crée des bonnes ondes, de la paix, un état d'esprit. Qu'est-ce qu'ils font d'autre, les bonzes ? Et les moines ? T'es contre les moines, m'man ?

– Les bonzes, les moines, ils prient. Ce sont nos ambassadeurs vers le Ciel : un métier, en quelque sorte.

– Félix aussi. Il est en ligne directe avec son être de lumière. D'ailleurs, mes élèves le sentent bien, elles adorent qu'il leur ouvre la porte.

On voit que ce n'est pas la leur, de porte ! Je n'ai pas insisté. Triomphe, Legrêle ! Oui, Césarine est heureuse comme ça.

Pour l'instant.

Nous sommes descendus à Toulon dans notre voiture pleine de jouets éducatifs pour les enfants, dont Marie-Sophie avait dressé la liste au téléphone. Sans doute est-il temps que je parle de ma chère belle-fille.

Une éducation rigoureuse lui a donné le souci de la perfection. Elle a choisi de ne pas travailler à l'extérieur pour éduquer ses trois enfants : Benjamin, huit ans, Gildas, sept, et l'adorable Domitille : cinq. Lionel et elle sont parfaitement accordés : le rêve.

Durant le trajet, Albin m'a chanté les louanges de

cette famille idéale. Ah! quelle bonne semaine de repos, d'affection, d'air marin, nous allions passer! Comment avais-je pu songer à écourter notre séjour pour aller stresser à Saint-Rémi auprès d'une golden mamie, certes adorable mais sans cesse en éruption? J'ai préféré ne pas répondre.

Lorsque nous arrivons, vers seize heures, ce vingt-quatre décembre, tout est déjà prêt pour la fête: le couvert du réveillon dressé sur la toile cirée, les chaussons alignés autour du sapin (en plastique à cause des aiguilles). Ne manquent que mes mules et les charentaises d'Albin. Le plus beau, c'est certainement la crèche sur la cheminée, entourée de santons provençaux. N'y manque pas mon préféré, le «ravi», l'innocent du village, en bonnet de coton, écarquillant les yeux à sa fenêtre. À qui me fait-il donc penser celui-là?

Chaque enfant, nous explique Marie-Sophie, est représenté par un mouton. Selon son comportement, le mouton avance ou recule vers la couche de paille de l'Enfant Jésus. Ce soir à minuit, le plus méritant sera le plus près du nouveau-né. Je remarque que le mouton Domitille est nettement à la traîne, la brave enfant!

Une tasse de thé et un cake – dont les fruits sont bien répartis, ne sont pas comme les miens, tous agglutinés en bas de la tranche – nous sont servis. Quel plaisir d'admirer les trois albums de photos prises cet été au bon air de la Haute-Savoie, les carnets de notes des écoliers, leurs naïfs dessins! Le regard d'Albin cherche le poste de télévision. Aurait-il oublié qu'elle est interdite dans cette demeure? Pas de pollution par l'image! Ici, on LIT. Et pas *Tintin*. Je consulte discrètement ma montre. N'est-il que six heures du soir? À sept, Marie-Sophie frappe dans ses mains.

– On se fait tous beaux pour aller à la messe. Cela vous va père et mère?

– Mais très bien.

La messe de minuit est prévue à vingt heures

trente. Elle sera suivie du réveillon. Extinction générale des feux à vingt-trois heures.

– Quelle organisation parfaite, dis-je, comme nous nous retrouvons, Albin et moi, dans la chambre d'amis, joliment décorée d'un bouquet de fleurs séchées. Dans une ambiance pareille, tu vas vraiment pouvoir te reposer.

Étrangement, le front de mon mari est soucieux.

– Tu ne trouves pas ça bizarre de refuser la télévision ? De nos jours, quand même !

Albin est fou du petit écran. Tout lui est bon : du ballon rond ou ovale au patinage artistique, de la grosse plaisanterie au mélo.

– Cela permet de faire des choses intelligentes : lire, discuter, écouter de la musique classique...

Il arpente un moment la chambre, s'éclaircissant la gorge :

– Es-tu certaine d'avoir accepté pour toute la semaine ? Ta mère risque de se retrouver bien seule !

– Maman ne s'ennuie jamais.

Je ne pousse pas la cruauté jusqu'à lui rappeler qu'existe chez la «folle» le poste de télévision le plus moderne, câblé et tout. Il pousse un gros soupir, va à la fenêtre, regarde vers Paris.

– Que crois-tu qu'ils font en ce moment, les petits ?

– Ils se préparent à réveillonner chez Édith. Wilfried sera présent. Ingrid est à Hawaii, comme toujours pour Noël (les Seychelles, c'est l'été). Ils mettront leurs souliers dans la cheminée.

– Ha ! ha ! ricane sauvagement Albin. Les souliers dans la cheminée du caveau ! Souhaitons-leur de joyeuses surprises.

– Les nôtres y seront aussi, Césarine a beaucoup insisté.

Le rire se transforme en grimace. Je me dirige vers la salle de bains.

– Veux-tu prendre la douche en premier ? propose Albin en se déshabillant à toute allure car il déteste la buée provoquée par un autre que lui.

Je fais demi-tour :

– Ça m'est égal, vas-y, j'ai la valise à défaire.

J'en sors ma fripe vide-grenier, récupérée après le mariage de Césarine au cas où elle aurait donné des idées de troc à qui l'on devine. Albin se fige.

– Tu n'as tout de même pas l'intention de mettre ÇA !

– Je te signale que «Ça», est la robe culte de l'année.

– Le culte de quoi ? demande méchamment mon mari qui vient de trouver en ma personne un exutoire à sa colère d'être privé de télévision. Le culte du rien du tout, du vide, du néant. À la rigueur, sur une jeune…

Sa cruauté me cloue au sol : une jeune. Se rendant compte qu'il est allé trop loin, il tente de se rattraper.

– C'est une tenue de romanichelle !

Je le regarde bien en face :

– Au moins, les romanichelles, ça fait pas chier.

Pardon, mille pardons ! vous n'entendrez plus ce mot dans ma bouche. Mais ça déborde. Qu'est-ce qu'il croit, ce type ? Que l'arbre en plastique, les chaussons, les moutons, le cake, le réveillon sur la toile cirée, ça convient à une femme habituée à la vie d'artiste ? Où l'on ne sait jamais, la minute précédente, ce qui va vous tomber sur la tête, d'où l'ennui est banni au profit d'une fuite en avant permanente ? Une femme qui VIT, quoi ! Depuis mon arrivée, il me semble tomber dans le gouffre sans fond de la normalité. Césarine nous a trop gâtés. Triomphe, docteur Legrêle, je ne trouve pas mon compte ici.

En slip kangourou, Albin est resté pétrifié par mon langage. Avant qu'il ait récupéré, une adorable voix monte de sous la couette.

– C'est quoi, les romanichels ?

Les mains en feuille de vigne, Albin disparaît précipitamment dans le cabinet de toilette. Je prends place près de Domitille, qui émerge de sa cachette.

– C'est des gens qui vivent dans des maisons à roues, font plein de voyages, mettent des robes comme

157

celle-là parce qu'ils les trouvent très belles et s'en fichent pas mal si les autres ne les aiment pas.

– Moi aussi, je la trouve très belle, ta robe! approuve Domitille. Et c'est quoi «fait pas chier»?

Cette fois, ce n'est pas moi qui l'ai dit.

– Ça signifie qu'on s'amuse bien, qu'on est content, qu'on s'embête pas, quoi!

À la porte du cabinet de toilette, la statue du Commandeur apparaît en peignoir de bain.

– C'est un gros mot! lâche-t-il en me fusillant du regard.

L'erreur! L'erreur totale! Albin aurait-il oublié que les gros mots sont ceux que retiennent le mieux les petits? Par bonheur, avant qu'il n'insiste, Marie-Sophie appelle Domitille: si elle ne vient pas immédiatement, son mouton reculera encore. La pauvre enfant s'exécute avec un soupir.

Albin me foudroie:

– Si un jour ta petite-fille est enlevée par une romanichelle, tu en porteras la responsabilité.

Durant la messe, je me suis efforcée de pardonner à Albin, à Édith, au docteur Legrêle. Pour Félix, impossible! Cela aurait voulu dire l'accepter. J'ai transigé avec le Seigneur en pardonnant à Césarine de l'avoir introduit chez nous.

Animée par l'esprit de Noël, Marie-Sophie m'a félicitée du bout des lèvres pour ma robe culte. Le réveillon a été assommant. Les petits sans cesse rappelés à l'ordre: on mange le saumon avec les couverts à poisson (du vrai carton, le saumon), on ne dépiaute pas son chapon (du poulet, ouais!) avec ses doigts, on essuie sa bouche avant de boire (un vin-vinaigre), on dit merci. Il a fallu attendre la bûche pour que l'atmosphère s'anime un peu. Domitille dégustait avec satisfaction son nain en meringue lorsque étourdiment je lui ai demandé si elle était contente, si elle s'amusait bien.

– Ça fait pas chier, a-t-elle répondu.

Il y a eu quelques secondes de stupeur, puis les

frères ont craqué. Jamais je ne les avais entendus rire comme ça, un vrai bonheur. Ils engrangeaient pour l'année. J'avais tout le mal du monde à ne pas les accompagner.

– Qu'ai-je entendu ? a demandé imprudemment Lionel.

Domitille s'est tournée vers moi avec un sourire complice.

– Ça fait pas chier, a-t-elle répété, grisée par son succès.

– À sa grand-mère ! Et elle dit ça à sa grand-mère ! s'est étouffée Marie-Sophie.

– Mais c'est grand-mère qui…, a voulu expliquer la petite fille.

– Silence ! l'a coupée son père. Je ne veux plus t'entendre jusqu'à demain. Il s'est tourné vers nous : Je vous prie de lui pardonner.

Albin, tout rouge, est monté en ligne :

– Elle a dû ramener ça de l'école.

– Le Sacré-Cœur…, a gémi Marie-Sophie.

– Sacré-Cœur ou non, il faut bien un endroit où les enfants se défoulent, ai-je observé.

L'air radieux des garçons prouvait que j'avais tapé dans le mille. Cette nuit-là, je crois avoir marqué un point auprès d'eux.

Marie-Sophie voulait faire reculer tous les moutons. J'ai intercédé en faveur du troupeau et fini, non sans mal, par obtenir gain de cause.

– C'est bien pour toi, a reconnu mon fils.

J'aurais dû embrasser la carrière d'avocat.

CHAPITRE 23

– Joyeux Noël, m'man! Comment ça s'est passé? Pas trop chiant?

C'est toujours pas moi qui l'ai dit!

– Je te raconterai: extra, la bûche! Et chez Édith?

Soupir éloquent du côté du Tout en Un:

– C'était plus gai avec vous l'année dernière. On a parlé bridge tout le temps: ça te dit quelque chose le «spoutnik vengeur»?

– Rien du tout.

– Et le «landis sournois»?

– Du chinois.

– Supplice chinois, ouais! Enfin... Y a un super-cadeau dans vos souliers.

Patatras!

– On peut savoir?

– Et puis quoi encore? Édith et Wilf vous embrassent.

Wilf? Et où est passé Jean-Eudes? À creuser.

– Joyeux Noël, la golden! Tout va bien à Saint-Rémi?

– À peu près. On a organisé un réveillon à la mairie pour les vieux. Vivement que tout ça se termine.

Un jour sans CAC 40 ni Dow Jones est, pour la joueuse, un jour perdu.

– Et toi, mon Albertine, ça n'a pas été trop c... enfin, tu vois ce que je veux dire...

– Très bien. Je te raconterai. Super, la bûche!

– Les petits viennent fêter la nouvelle année avec moi. Thaï est déjà en cuisine, m'apprend Maman.

Les veinards ! Les veinards ! C'est trop injuste.

– Ta Césarine avait mis mes bottines dans la cheminée. Il paraît qu'un supercadeau y est tombé, elle me l'apportera. Je me demande bien ce que ça peut être, poursuit maman, gourmande comme une gamine.

Marie-Sophie tournicote autour de moi, sourcils froncés, comptant les unités. J'embrasse golden mamie pour tout le monde et raccroche.

Encore six jours !

Les enfants les ont égayés. Domitille ne me lâchait pas d'une semelle, j'étais un exemple pour elle. Benjamin et Gildas ne demandaient qu'à être de leur âge, c'est-à-dire à s'étriper en échangeant des mots dix fois pires que le mien, se repaître en cachette de B.D. et, le couvre-feu tombé, exterminer la planète au moyen de jeux électroniques offerts en douce par une personne de leur entourage.

Mais quoi ! Mettez un adulte face à un enfant ; une minute n'aura pas passé que l'adulte lui aura demandé : « Est-ce que tu travailles bien à l'école ? » Comme si leur existence en dépendait. Et après on s'étonne qu'ils défilent pour la retraite avant d'être entrés dans la vie active.

Le rôle des grands-parents étant d'apporter aux jeunes la malice et la fantaisie qui manquent tant dans leur éducation, je les ai chaque jour emmenés à la découverte des trésors de Toulon. Nous nous en sommes donné à cœur joie de sucreries infâmes, boissons gazeuses, juke-box, pianotages sauvages sur ordinateurs et autres consoles trouvés sur notre chemin. Comment en connaissaient-ils si bien le maniement, eux qui étaient privés de télé chez eux ?

À ne pas creuser.

Au risque de paraître prétentieuse, je me flatte d'être devenue leur mamie culte.

C'est dès le lendemain de Noël qu'Albin a commencé à fuguer. Soudain il avait une course urgente à faire, le journal à acheter, un besoin d'air marin. Bizarre, cela lui venait toujours à un moment où j'étais trop occupée pour le suivre.

Au début, il ne disparaissait qu'une heure, puis deux ; à trois, j'ai décidé de le filer.

Il est dix-sept heures, cette assommante journée d'hiver qui se termine avant même d'avoir commencé. Les enfants sont partis (à regret) chez leurs grands-parents maternels. Albin passe le nez dans la cuisine où, avec Marie-Sophie, j'épluche les légumes pour le potage du soir.

– Je cours chercher une tarte tropézienne, annonce-t-il.

Nous n'avons pas le temps de lui signaler qu'une compote de pommes est prévue qu'il s'est évaporé.

Je lâche mon couteau éplucheur.

– Tu permets, Marie-Sophie ? Je le rattrape.

Je m'évapore moi aussi.

Ce n'est pas du tout vers la pâtisserie réputée pour ses tartes tropéziennes qu'Albin se dirige mais vers Au Bon Moment, le grand bistro-tabac de l'angle. J'y pénètre à sa suite. Il disparaît dans l'arrière-salle.

Elle est là.

Beau châssis, haute définition, branchée sur le rêve, la clé des champs. À toute heure, films, feuilletons, sport, variétés.

Ils sont là !

Les «ravis» du petit écran, yeux écarquillés, sourire béat aux lèvres, frémissant devant les images. Albin serre des mains, on l'appelle par son prénom, on lui a gardé sa place, la boisson de monsieur est avancée. Qui prétend que la télévision isole ?

Je l'ai laissé ; j'ai un bon fond. Que faisais-je, moi, avec mes petits-enfants ? Il faut de la magie à tout âge. Et lorsqu'il est rentré, beaucoup plus tard, l'œil brillant et le teint animé, avec la tarte tropézienne qu'il avait fini par trouver à l'autre bout de la ville, je me suis tue. Il m'a semblé que, de la cheminée, mon santon préféré m'adressait un clin d'œil.

Pour le réveillon du Nouvel An, nous avons invité

notre jeune couple au restaurant; l'occasion de voir un peu Lionel. Son travail lui mangeait tout son temps; parti dès l'aube, il ne rentrait que pour dire «Bonne nuit» aux enfants. «Ce n'était pas une vie», reconnaissait Marie-Sophie, mais aujourd'hui, pour garder sa place, il fallait se défoncer.

Défoncé, c'est le dos de notre pauvre fils qui l'était; il s'en plaignait beaucoup.

Nous avions choisi un restaurant réputé pour la fraîcheur de ses produits afin de changer des potages, gratins de nouilles et autres délicieux hachis de notre économe belle-fille. Albin était d'excellente humeur: on ne l'avait pas vu de la journée, nous repartions demain. Il a pris sans hésiter le menu «Super-gala», avec trois plats et desserts à volonté. Lionel, sujet à des aigreurs d'estomac, a choisi une sole grillée pommes vapeur.

– Parlons un peu des parasites, a-t-il attaqué.

Franchement, il aurait pu attendre que nous ayons terminé le plateau de fruits de mer! D'autant que nous savions très bien ce qu'il avait à nous dire et étions d'accord sur tout.

– Allez-vous les garder encore longtemps?

Tandis qu'il exprimait tout le mal qu'il pensait de la situation, approuvé par Marie-Sophie qui devait compter les sous que ça leur ferait en moins lors de l'héritage, j'observais la face ouest de Lionel. Hélas, Césarine ne s'était pas trompée: aucun abandon, afflux circulatoire nul, pas la moindre petite chance, pour notre pauvre fils, de rejoindre son essence première et de vivre en harmonie avec lui-même.

Et il n'était que d'imaginer les épaules frêles mais amplement déployées de Félix, son long cou libre d'oiseau tout consacré à choyer son être de lumière et moduler son clavier émotionnel, pour comprendre la rage du pauvre Lionel. Ne ressentait-il pas ce que l'on éprouve sur la route, coincé dans les embouteillages, lorsque des salauds vous doublent en prenant la voie interdite? On brûle de les imiter, on sait qu'on n'osera pas, on les tuerait, on les tue parfois.

Qui prétend que Thermidor sonna la fin de la Terreur? Le homard qui portait son nom a déclenché une avalanche de prophéties apocalyptiques. Albin espérait pouvoir au moins déguster tranquillement son chariot de desserts, mais Lionel avait gardé la flèche mortelle pour la fin.

– Et ta retraite, papa? Si ma mémoire est bonne, ne devrions-nous pas la fêter ensemble dans un an?

– Il semblerait, a acquiescé Albin sans toutefois répondre favorablement à l'invitation.

– Je suppose que tu te réjouis de la partager à domicile avec le grand feignant?

Mon pauvre époux en a lâché sa cuiller. Bien que son métier soit de prévoir le pire, il se fermait très fort les yeux sur la perspective évoquée, comptant sans doute sur un miracle, mot banni des contrats d'assurance, pour régler le problème.

– Il n'en est pas question, a-t-il chevroté.

– Alors ne penses-tu pas qu'il serait temps de les pousser gentiment vers la sortie? a suggéré Lionel, approuvé par Marie-Sophie.

Albin a frappé du poing sur la table.

– C'est comme si c'était fait!

CHAPITRE 24

Calculons !

Côté Félix, d'abord. Colonne recettes : le pécule amassé sur le dos des handicapés dépendants durant un an, suivi de six mois d'indemnités journalières aux frais de l'armée française et de six autres de crédit formation individualisée en delphinologie, soutirés à l'État. Ajoutons six semaines d'un salaire coquet chez Thanatos et trois d'animateur-nature pompés à l'Éducation nationale. Colonne dépenses : zéro ! Logé, nourri, chauffé, blanchi par les bons pigeons.

Tournons à présent nos regards vers la courageuse Césarine. Recettes : un flot sans cesse croissant d'élèves (sessions et leçons particulières). Dépenses : affichettes en grand nombre, cartes de visite, cotisations sociales, main avide du fisc (elle s'est mensualisée, quelle sagesse !). Avantages : local fourni par ses parents, nourrie, chauffée, blanchie (avec joie).

– À eux deux, ils doivent s'être fait une jolie pelote, constate Albin. Sais-tu à quelle banque ils sont ? Tu dois bien voir arriver le courrier !

Jamais ! Depuis que Mme Lopez di Erreira ne s'intitule plus concierge mais gardienne, plus de courrier à domicile. Félix profite de la descente des poubelles pour le pêcher dans la boîte. Où dort le trésor du bébé couple ? Mystère. Quoi qu'il en soit, si nous les « poussons vers la sortie », comme l'a préconisé Lionel, ils auront les moyens de louer quelque chose. Et, bien entendu, tant que Césarine ne pourra assumer son propre ashram, nous l'autoriserons à exercer ici son beau métier.

Nous avons décidé de leur parler, d'une même voix, ce premier samedi de janvier, après le petit déjeuner.

Au réveil, Albin a pratiqué sa friction au ginseng (destinée à fouetter le sang), puis il est descendu chercher journal et croissants. Il est neuf heures, les enfants, de sortie hier soir, n'ont toujours pas donné signe de vie.

– Tu vois, ce sera bien pour eux d'avoir leur propre logement, se réjouit Albin. Ainsi, ils pourront rendre les invitations.

Tiens, on sonne! Mme Lopez di Erreira munie d'une grande enveloppe recommandée.

– Elle est arrivée *ayer*, nous explique-t-elle. Le facteur *esta tropo fatigado* pour monter alors j'ai signé. *A la tarde*, j'avais ma cliente à essayer (Mme Lopez di Erreira est couturière), ensuite c'était mon temps *del descanso*, la voilà quand même!

Nous admirons d'autant plus son impayable humour que, fait exceptionnel, la lettre recommandée ne vient pas du percepteur. Expéditeurs : Monsieur et madame Noël. Cela me fait penser que nous n'avons pas eu de nouvelles du supercadeau annoncé par Césarine.

– Tu connais des Noël, toi? demande Albin en ouvrant l'enveloppe.

– Je crois bien avoir eu une cliente de ce nom : un nom banal finalement!

De l'enveloppe, Albin sort la photocopie de ce qui pourrait être une œuvre moderne : comme un cyclone, des nuages, beaucoup de nuages, ici, ce point plus clair, la lune? Aucun mot explicatif n'accompagne l'envoi.

– Tu y comprends quelque chose, toi?

J'examine à mon tour la photo :

– Rien! Tu sais, moi, l'art contemporain...

Ou plutôt «l'abstraction lyrique», comme on appelle ce genre de machin dans les galeries. J'ai beau m'appliquer, aucune secousse esthétique ne se produit dans mon esprit dinosaurien.

– Ça doit être encore une pub, conclut Albin. Tu verras qu'on aura l'explication au courrier de lundi. C'est la mode : la pub à épisodes. Tu peux dire à ta gardienne de retourner à l'envoyeur.

De l'autre côté de la porte, nous parviennent des rires étouffés. Soudain une idée effroyable me vient ; mes yeux se portent à nouveau sur l'abstraction lyrique : ça sent le gaz sarin ! Apparition du bébé couple hilare.

– Joyeux Noël, s'écrient-ils en chœur.

– Joyeux Noël, répond Albin, surpris du vœu tardif.

Césarine se tourne vers moi :

– Et toi, m'man, tu ne nous dis rien ?

En une tentative désespérée pour prendre le destin de vitesse, j'interroge :

– Votre soirée s'est-elle bien passée hier ?

Le bébé couple échange le sourire indulgent de ceux qui se trouvent face à des débiles profonds.

– Ce sera un Gémeaux, annonce Césarine. Ses vibrations astrales s'annoncent excellentes, on a attendu l'échographie pour vous l'annoncer, on voulait pas vous faire de fausse joie.

Mon pauvre homme vient seulement de comprendre le lien entre l'échographie et l'œuvre maudite ; ce qui reste de lui frémit encore un peu au-dessus du supercadeau mais ne parvient plus à émettre.

– Il est là, indique Césarine tout émue en pointant le doigt vers la lune blanche dans la tourmente.

Je ne me comprends plus.

Un enfant est là en effet, même pas un enfant naturel, un enfant légal, même pas un accident, un enfant voulu, ce qu'il est donc convenu d'appeler un « heureux événement », et je reste vide, incapable du plus petit mot d'accueil.

Césarine fond en larmes.

– Alors c'est tout ce que ça vous fait ? Mais dites quelque chose, quand même !

Albin est à présent en état de coma dépassé, aucun secours à attendre de son côté. J'entends ma voix sans timbre :

– Tu avais donc arrêté la pilule ?

– MAMAN !

Félix entoure les épaules de sa femme d'un bras protecteur.

– Nous avons pensé que c'était le moment, déclare-t-il d'une voix mâle.

Incroyable ! Pour un peu il prendrait des airs de champion de boxe poids lourd ! Comme si c'était difficile de faire un enfant, comme si ce n'était pas à la portée du premier inconscient et irresponsable venu !

– Il a été mis en route au *Roncier*, reprend-il, intarissable. Cette maison de rêve…

Va-t-il nous apprendre le jour, l'heure, la minute de la funeste étreinte ? Le nom de la demeure aimée a ranimé Albin.

– Auriez pas pu attendre un peu ?

Ça ne lui ressemble pas, ce langage. À mon avis, le malheureux n'a plus toute sa tête.

– Mais papa, bêle Césarine, qu'est-ce qu'un mariage qui n'est pas fécond ? Et Lionel, vous l'aviez bien fait, vous aussi, pendant votre voyage de noces ?

– À Florence, pas sous le toit de nos parents, répond Albin d'une voix bizarre. Et, à propos de toit, Albertine et moi avons quelque chose à vous dire…

Albertine ? Voilà qu'il m'appelle par mon prénom, maintenant ? Ça va encore plus mal que je ne le pensais. Je me lève vivement et prends ma fille contre moi :

– … que nous l'accueillerons avec joie.

– Ce qui n'empêche que dans votre intérêt, reprend Albin comme un automate, nous avons décidé que…

Mais qu'est-ce que c'est que cette idée fixe ? Veut-il que Césarine fasse une fausse couche ?

– … de vous offrir le couffin.

La future mère s'est jetée dans nos bras avant de se jeter, ainsi que Félix, sur les croissants. Je comprenais mieux ses yeux humides depuis septembre ; moi aussi, quand j'étais enceinte, je pleurais tout le temps. De joie.

Un fruit du *Roncier*, donc ! Je le savais bien qu'Albin n'aurait jamais dû reprendre cette baraque, rien que le nom ! Fruit empoisonné, oui, comme le vase de Gallé. Ah ! il nous aurait eu jusqu'au bout le frère d'Albin, bonjour l'héritage !

J'ai regardé l'innocente petite lune sur l'échographie. Au moins, sois une fille ! Côté mâles, rien de bon à attendre.

– Quand connaîtrons-nous le sexe ? ai-je demandé.

– Au mois de juin. On préfère pas savoir avant la naissance : suspense, suspense !

– Il y a autre chose, a annoncé Félix en s'éclaircissant la gorge (tout à fait comme son beau-père).

– Après le supercadeau, la merveilleuse nouvelle, a renchéri Césarine.

Albin s'est versé une quatrième tasse de café : suicide appel ? Je retenais mon souffle : des Gémeaux jumeaux ?

– Le mari d'une de mes élèves est producteur de cinéma. Félix passe une audition lundi, il va être engagé, c'est comme si c'était fait.

CHAPITRE 25

Le figurant-foule se situe au dernier échelon de cette profession très recherchée. Un visage perdu dans le flot gris de visages anonymes, aucune chance d'être remarqué par un producteur en quête de faciès intéressants.

Un cran plus haut, vient le figurant-en-tenue-de-saison à qui l'on a demandé un effort vestimentaire (pris sur sa garde-robe personnelle), guère mieux loti, finalement, que notre figurant-foule et qui, pas plus que ce dernier, ne peut en aucun cas mériter le nom d'acteur.

Au troisième échelon, se place le figurant-costume, lui vêtu par la production. Il pourra aussi bien être appelé à porter la cotte de mailles que la robe trench cancan. C'est en cette qualité que Félix a été engagé par l'époux d'une cliente de Césarine : M. Agostino.

Le sujet du film dans lequel il va tourner est contemporain et combien actuel. Des paysans bretons montent à Paris pour défendre leur droit à travailler la terre ancestrale. Un jeune châtelain, lui aussi breton, s'engage à leurs côtés, il tombe amoureux d'une belle cultivatrice...

Le suspense reste entier car le figurant n'a pas droit au script, mais l'argument a d'emblée enthousiasmé Félix. Il commence demain : scènes de manifestation.

– Essaie de te mettre en avant, qu'on te voie bien, recommande Césarine à la future star.

« Ce que je vois, moi, constate Albin qui n'a pas mieux avalé ce Noël-ci que celui de l'an dernier, c'est que nous avons, une fois de plus, été faisandés ! »

Il a fini par admettre que nous ne pouvions pousser vers la sortie, même gentiment, une fille fragilisée par sa grossesse et travaillant à temps plein. C'est ce que j'ai essayé d'expliquer à Lionel lorsqu'il m'a appelée pour savoir comment la grande explication s'était passée. Je crains de ne pas l'avoir convaincu. Pour lui, le Gémeaux était une raison supplémentaire de nous débarrasser du bébé couple. Dur quand même, Lionel ! Et pour vous donner mauvaise conscience, le roi. « Vous verrez que vous les retrouverez un jour dans votre lit », a-t-il osé prédire avant de raccrocher.

Bref, dès huit heures, ce premier matin d'engagement, le figurant-costume est parti sur les lieux du tournage extérieur. Je me réjouis d'avoir un bon tête à tête avec Césarine à l'heure du déjeuner. Je vais enfin pouvoir lui poser sans témoin les mille questions féminines soulevées par son état : est-elle vraiment heureuse de porter le Gémeaux ? A-t-elle l'intention de le nourrir au sein ? Préfère-t-elle fille ou garçon ? Félix se rend-il bien compte de sa responsabilité dans l'affaire ? Leurs projets de logement après la naissance ?

Un seul sujet tabou : le baptême. Baptême = mariage à l'église = engagement pour la vie. Rien ne presse.

Ma dernière patiente expédiée (n'ai-je pas failli dire « parturiente », ce qui d'ailleurs ne serait pas inapproprié, tout un chacun n'en finissant pas d'accoucher de lui-même), je me rends chez le traiteur et achète un délicieux assortiment de hors-d'œuvre. Il est midi trente, la chère petite doit avoir mis notre couvert à la cuisine. Comme j'en pousse la porte, mon cœur bondit : Césarine dans les bras d'un homme ! Et un vrai, celui-là : bottes, parka, béret. Je m'apprête à m'éclipser discrètement lorsque le lascar se retourne : le paysan breton.

– Il est venu prendre son panier-repas avec nous,

explique Césarine sans soupçonner un instant ma méprise. Le tournage est à cinq stations de métro : une aubaine !

Machinalement, je cherche des yeux le panier-repas. Félix a un rire.

– C'est le nom du dédommagement accordé par la production pour un sandwich et une boisson au bistro.

Eh hop ! *in the pocket*, l'aubaine ! *Pocket* d'où dépassent quelques brins de paille. Tiens, que fait cette fourche contre le placard à balais ? Je désigne l'instrument au figurant-costume.

– Et vous avez pris le métro avec ça ?

– S'il s'était changé, il n'aurait pas eu le temps de déjeuner avec nous, explique Césarine. Il a eu un succès fou : les Français adorent leurs paysans.

Sur ce, le paysan s'est attablé et a engouffré les trois quarts de notre panier-repas à nous ; il l'a trouvé délicieux. La session de Césarine frappait déjà à la porte, j'ai ravalé mes questions féminines.

– Quels maladroits, ces enfants ! déplore Édith. Un bébé ! Ils auraient pu faire attention, quand même.

– Ils n'ont pas fait attention pour la bonne raison qu'ils voulaient le bébé.

– C'est encore pire, soupire-t-elle. Cela frise l'inconscience. Comme je te plains, ma pauvre.

J'ai horreur d'être plainte par Édith, moi qui ai toujours rêvé de faire son envie sans y parvenir. Un appartement plus vaste, des enfants mieux élevés, un mari qui gagne des fortunes (mais que je n'échangerais pour rien au monde avec le mien), elle me bat sur toute la ligne.

– Qu'en pense Wilf ?

– Ça lui fait drôle d'être bientôt grand-père.

Une douceur est passée sur le visage rêche de ma sœur. Nul doute, le ver est dans le fruit.

Est-ce un excès ? Allant boire, vers deux heures du matin, le verre d'eau de l'insomnie, j'ai remarqué que c'était encore allumé dans le salon du caveau. Des ombres chinoises allaient et venaient autour des tables. Le Club a bel et bien pris ses quartiers chez ma sœur. Question : dans combien de temps hébergera-t-elle Wilf ? Question subsidiaire : où ? Édith fait chambre à part avec son mari, elle fuit le sexe, il la dégoûte, elle ne s'en est jamais cachée. Après la naissance de son troisième lascar, elle a interdit sa couche au pauvre Jean-Eudes, encore vert, dont on se demande comment il se débrouille avec la nature.

Et soudain, à ma fenêtre, une pensée troublante m'a traversée. Et si l'élégant première série pique révélait la reine à elle-même ? Si elle éprouvait dans ses bras le frisson infernal ? J'ai couru ruminer la chose dans la bonne vieille chaleur d'Albin ; curieusement, cela m'a calmée, j'ai dormi comme un ange.

Golden mamie, elle, a très bien accepté le super-cadeau.

« Ma fille, la France a besoin de se repeupler. Et, au moins, ces petits n'ont pas égoïstement regardé dans leur porte-monnaie avant de se lancer. »

Fastoche ! Trop occupés à vider le nôtre...

« Je compte sur toi pour me donner régulièrement des nouvelles. Quand te décideras-tu enfin à avoir un fax ? a demandé maman.

– JAMAIS ! »

Le fax permet à n'importe quel cuistre de s'introduire dans votre home. Il vous prive de la voix de votre interlocuteur et achève de tordre le cou à la poésie d'une correspondance. On m'a imposé un Tout en Un, je résisterai au fax.

J'apprends qu'Ingrid a adhéré au Club d'actionnaires de maman et qu'elle lui offre une petite robe pour la prochaine réunion ; les deux femmes sont tombées amoureuses l'une de l'autre lors du mariage civil de Césarine. Maman vient à Paris pour un essayage, nous en profiterons pour nous voir et bavarder un peu.

La « petite robe » est un sublime ensemble de soie parme ; il rajeunit la golden de dix ans. Il faut la voir, devant le grand miroir, s'applaudir elle-même. Pourquoi, mais pourquoi ai-je refusé qu'Ingrid m'habille ? Quel orgueil mal placé ! Est-il trop tard pour revenir sur ma décision ?

Je m'extasie sans compter : quel talent ! Jamais je n'ai rien vu d'aussi joli et qui me plaise autant. Certains modèles sont tout simplement irrésistibles. Ingrid boit mes paroles avant de se pencher sur mon oreille.

– Je suis d'autant plus sensible à vos louanges que vous avez refusé de profiter de la situation. Sachez que je respecte votre décision. Les gens abusent tellement...

J'ai la rage.

Après l'essayage, nous sommes allées toutes les trois prendre le thé dans un grand hôtel voisin. Ingrid n'avait appris l'heureux événement que récemment, à son retour des îles. C'est peu dire qu'elle ne semblait pas emballée.

– Mais pourquoi un bébé ?

– Ma chère, il faut croire qu'ils en avaient envie, a remarqué maman.

– Mais qu'est-ce qu'ils vont en faire ?

Bonne question ! Pourquoi ne pas le déposer sur le paillasson du docteur Legrêle, ah ! ah !

– Je suppose qu'ils vont l'élever.

– Mais élever un enfant, ça demande du temps, le sens des responsabilités, des sous aussi.

– À ce propos, comme cadeau de naissance, j'ai décidé d'ouvrir un compte au nom de mon futur arrière-petit-enfant, nous annonce la golden. Quelques sicav bien choisies. Si Dieu me prête vie, il ne se retrouvera pas sans rien à sa majorité.

– Mais il n'y a pas que les questions d'argent ! s'exclame Ingrid. Ça s'arrange toujours, les questions d'argent ! (Facile à dire.) Un bébé, ça prend de la place, ça pleure, ça demande des soins constants.

Pourquoi me regarde-t-elle comme si une femme, refusant d'être habillée par sa maison, devait, pour être plus respectable encore, adopter la tenue de nounou ? Mettons vite les points sur les i.

– Puisqu'il est là, il faut bien l'accepter. Et, au besoin, nous donnerons un coup de main.

J'ai volontairement insisté sur le NOUS. C'est alors qu'elle a sa phrase mémorable, dont le mérite sera de m'éclairer sur les appoints futurs.

– Qu'ils ne comptent pas sur moi pour le prendre. J'aurais trop peur de m'attacher.

Félix a eu deux pères, soit! Question: a-t-il vraiment eu une mère?

CHAPITRE 26

– Je ne sais pas si tu l'as remarqué, mais ta fille prend du ventre, grommelle Albin, partagé entre désapprobation et tendresse pour ce qui commence à pointer sous le sari.

Trois mois! Césarine et Félix sont revenus tout émus de la seconde échographie. Ils ont entendu battre le cœur de petit Gémeaux qui est, paraît-il, «complet». Nombre souhaité de doigts de mains et de pieds, le reste à l'avenant.

Question: Félix est-il vraiment né complet?

Question annexe: quel médecin suit Césarine?

Elle a refusé d'aller consulter ma chère gynécologue, qui pourtant l'avait mise au monde avec le succès que l'on sait. Césarine a toujours eu avec la médecine des rapports particuliers: elle ne jure que par la parallèle et force est de reconnaître qu'elle s'en porte à merveille. Ainsi qu'elle nous l'a fait remarquer, respiration et relaxation sont les deux mamelles d'un accouchement moderne réussi. Or ne les pratique-t-elle pas chaque jour grâce à son métier? De ce côté-là, donc, aucun souci à se faire.

Côté astres, en revanche, nuages à l'horizon. Appelant S.O.S. HOROSCOPE, j'ai appris que le Gémeaux oscillait entre ange et démon. Son intelligence brillante est combattue par sa fragilité de caractère, il manque de persévérance dans ses entreprises et ses nombreux enthousiasmes se terminent la plupart du temps en pétards mouillés. Quant à tenter de l'influencer, vous voulez rire : le Gémeaux suit imperturbablement sa pente.

Cela ne vous fait-il pas penser à quelqu'un ?

Autre sujet d'inquiétude : la musique. C'est aujourd'hui une donnée scientifique : le fœtus y est ultrasensible (voir la famille Mozart).

– Avec celle qu'il entend toute la journée dans l'ashram, il va nous arriver en lotus, prédit Albin.

Pour offrir à notre Gémeaux autre chose que les planantes mélopées de Césarine, je me suis découverte folle de rap et ne ménage pas les décibels lorsque la mère et l'enfant se trouvent dans les parages.

– Plus bas, m'man ! Plus bas ! On respecte tes goûts mais si ça continue on devra bientôt tous vivre avec du coton dans les oreilles.

Tant que tu veux, ma fille ! Ce n'est pas aux tiennes que s'adresse cette musique.

J'ai enfin pu avoir la conversation espérée.

– Jusqu'à quand comptes-tu travailler, ma pauvre chérie ?

– Pourquoi pauvre ? Mais le plus longtemps possible, m'man. On a décidé de grouper tous les arrêts afin de les prendre au *Roncier* après l'accouchement.

– Tous les arrêts ?

– Félix vise un congé parental.

S'il le vise, il l'aura. Bon ! Bien !

– Et tu comptes nourrir ton bébé comment, au sein ?

– Bien entendu. Côté anticorps et construction du cerveau, c'est indispensable.

Sûr qu'Ingrid n'a pas allaité Félix !

– Mais comment t'arrangeras-tu avec tes élèves ?

– Pas de problème, m'man, on nourrit pas toute la journée. Et ça dure qu'une heure, une session.

– Et s'il hurle pendant la session ?

– Pourquoi veux-tu qu'il hurle ? demande Césarine vexée. C'est la richesse de mon lait que tu mets en cause ? De toute façon, il paraît que c'est un bébé supercool.

Supercool ou superspeed, que choisir ? Dans l'incertitude, j'ai suspendu les séances de rap. L'un des plus heureux a été Albin.

Rien ne va plus entre nous! Après nous avoir miné la vie, le termite serait-il en train de ruiner notre couple? Il fut un temps où nous avions, Albin et moi, de vrais échanges; aujourd'hui, il se dérobe, rentre d'Hespérus comme un fantôme, file droit dans sa chambre, s'enferme dans son Louis XV à oreilles, répond à peine à mes marques de tendresse.

S'il n'y avait pas que ça!

Mea culpa, je plaide coupable. C'est bien moi qui, à l'encontre de mes plus chers principes, ai accepté les dîners-télé souhaités par le bébé couple. Plutôt être devant le sourire préfabriqué d'un présentateur que face à celui, inaltérable, du coucou. C'est ainsi que j'ai acheté deux plateaux supplémentaires et que nous nous retrouvons chaque soir comme des ânes devant film, feuilleton, variétés; tout est bon à prendre, même la politique.

Afin de maintenir un semblant de convivialité, je ne ménage pas les commentaires, bien accueillis par le bébé couple, toujours prêt à communiquer, mais qui ont fourni à Albin le prétexte qu'il attendait pour s'isoler devant le poste de notre chambre. Son oreille défectueuse l'empêcherait de suivre deux conversations à la fois! Comme si ce que l'on nous offrait sur le petit écran pouvait s'appeler «conversation». Le programme des uns n'étant pas forcément celui de l'autre, je passe ma soirée à zapper en courant d'une pièce à l'autre avec mon plateau. C'est crevant!

– Mais qu'est-ce qu'il a, papa? s'étonne Césarine. On le gêne ou quoi?

– Il traverse une mauvaise passe, mon trésor. N'oublie pas que dans neuf mois il prendra sa retraite. Ce n'est jamais facile, pour un homme actif, de rester à la maison toute la journée.

– C'est tellement vrai, approuve Félix.

– Mais il n'a rien à craindre, s'écrie Césarine. On l'entourera. Veux-tu qu'on aille le lui dire?

– SURTOUT PAS!

– Y'a pas de quoi s'énerver comme ça, m'man, remarque Césarine. C'était pour le rassurer.

Je sais, je sais… Une femme à caractère mieux trempé sauterait sur l'occasion pour leur sortir le paquet : «Chers enfants, c'est justement à l'idée d'être trop entouré pendant sa retraite qu'Albin galère. Il rêvait d'un repos bien gagné, en tête à tête avec sa femme, au salon, devant le grand poste de télévision, dans son fauteuil à oreilles. Sans l'heureux événement, vous seriez sur le départ, surtout Félix, parce que toi, ma Césarine, tu seras toujours la bienvenue ici. »

– Un bébé, ça le distraira, me console l'intéressée en caressant son ventre.

– Une merveilleuse nouvelle, s'écrie-t-elle ce soir-là. Félix grade ; il passe figurant-silhouette.

Le figurant-silhouette (ou figurant capable d'avoir une réaction muette) se dresse sur le cinquième échelon de l'échelle des figurants, au-dessus du figurant-en-tenue-de-soirée (smoking, robe longue, robe à traîne). Et alors que ce dernier se confond dans une foule sur son trente et un, on VOIT le figurant-silhouette. Il a, en quelque sorte, un embryon de rôle, une chance de se faire remarquer par un producteur ou réalisateur en quête d'expressions éloquentes muettes.

Pour ce faire, de paysan breton, Félix est passé syndicaliste. Et voici qu'il surprend la belle cultivatrice dans les bras du jeune châtelain ; c'est là qu'il devra mimer l'étonnement, pas un étonnement bête, du genre : «Mais qu'est-ce qu'ils fabriquent ensemble, ces deux-là ? » Un étonnement au second degré, où l'on devra sentir le combat qui se livre dans sa poitrine de syndicaliste entre élan du cœur et lutte des classes.

Il s'exerce à la maison sous la houlette de Césarine.

Cet avancement éclair n'est pas allé sans vagues,

les figurants professionnels n'entendant pas se laisser manger la laine sur le dos par un blanc-bec pistonné par d'autres que par la Centrale. On lui fait la gueule, on cache ses vêtements. Pourvu qu'il tienne.

Je manifeste mon inquiétude à Albin. À peine s'il m'écoute, trop occupé à gratter ses poignets. Ce serait Marlon Brando qui viendrait chaque jour prendre son panier-repas à la maison, il s'en battrait l'œil. Il a perdu la faculté de s'enthousiasmer. Vivrais-je avec un vieux ?

CHAPITRE 27

«IL A BOUGÉ!»… Le cri joyeux de Césarine, éveillée en pleine nuit par la première ondulation, *largo ma non troppo*, de petit Gémeaux, a dû être entendu de tout le boulevard Saint-Éloi. Albin s'est dressé sur le lit :

– Ça y est ? Elle accouche ?

– Pas à quatre mois, voyons !

Et oui, quatre mois déjà ! Et toujours le *black-out* total sur l'endroit où Césarine mettra son bébé au monde. En revanche, nous avons fait connaissance de la sage-femme, Solange, une trentaine d'années, pantalon cigare et chaussures orthopédiques à la mode, amie de notre fille avec qui elle a pratiqué plusieurs stages.

C'est Solange qui a demandé à nous rencontrer, la famille devant être, selon elle, partie prenante lors d'une naissance. À cette occasion, nous avons appris qu'elle associait la pratique du rire à celle de l'accouchement ce qui, vu sa tenue vestimentaire, n'a pas tellement étonné Albin.

Le rire se perd ! De vingt minutes par jour et par individu au début du siècle, on ne rit plus de nos jours que cinq minutes, et encore, pas tout le monde. Je parle évidemment du «bon» rire (plaisanteries, mots d'esprit, chatouilles), celui qui nettoie les voies respiratoires, brasse le foie, efface le stress, et non du rire tordu ou sardonique qui provoque l'effet contraire (voir Édith sujette à des aigreurs d'estomac ou Lionel et sa sole grillée).

Bref, en augmentant la sécrétion de l'endorphine, sécrétion antidouleur produite par le cerveau, le rire servira à Césarine de péridurale.

– Tu crois vraiment que c'est bon, accoucher en riant ? interroge Albin.

– Dis tout de suite que tu es pour enfanter dans la douleur !

– Juste un peu. Enfin, normalement…, s'embrouille-t-il.

– Suggérerais-tu que ta fille n'est pas normale ?

– Ça, affirmatif !

Le ton était si convaincu que nous sommes partis ensemble d'un bon rire réparateur.

Chaque soir, Césarine nous initie à la marche afghane : façon positive de faire les cent pas. Trois pas : inspiration profonde. Un pas, rétention d'air dans les poumons. Quatre pas : forte expiration. Il n'est pas interdit d'adjoindre à l'exercice des injonctions mentales positives : «Tout se passera bien ; je suis très calme.»

– Pourquoi ta fille veut-elle absolument que nous fassions les cent pas lorsqu'elle accouchera ? s'étonne Albin. Félix sera là pour ça, non ? Si tu veux mon avis, elle a une idée derrière la tête.

Je m'efforce de plaisanter.

– Un bébé plus une idée, bonjour la saturation !

Mon humour le laisse de glace et, lorsque je lui demande s'il a une idée sur l'idée, il reste sec.

– Mais ça ne sent pas bon, tu verras !

Côté Félix, nous n'en finissons pas avec les merveilleuses nouvelles. Le figurant-silhouette ayant donné toute satisfaction avec sa réaction muette, le voilà promu figurant-parlant, l'échelon suprême de sa spécialité. Où s'arrêtera son ascension ?

Le figurant-parlant est payé au nombre de mots. N'ayant toujours pas droit au scénario – ce qui, entre parenthèses, doit être frustrant pour un ex-étudiant en philosophie –, Félix ignore ceux qu'il aura à prononcer et se désole de ne pouvoir répéter.

– Sois toi-même et tout ira au mieux, lui conseille Césarine, ô combien aveuglée par l'amour...

Toujours est-il qu'à l'émoi de Mme Lopez di Erreira, c'est un policier muni de casque, matraque et bouclier qui est venu prendre hier son panier-repas à la maison. Il paraît que, dans le métro, les gens se partageaient entre le respect et l'insulte ; il préférait la tenue du paysan breton, mais bon : le travail, c'est le travail !

On aura tout entendu.

C'est cet après-midi que se tourne la scène cruciale. Césarine a été invitée par sa cliente, Mme Agostino, femme du producteur, à y assister. J'ai été chargée de faire patienter la session de seize heures.

Tandis que je papote avec quelques anciennes clientes et fais connaissance des nouvelles, j'ignore que, sur le tournage, un drame se joue.

Dans une atmosphère électrique, notre figurant-parlant se dresse face à un jeune manifestant. La visière baissée de son casque ne permet pas, hélas, que l'on remarque son visage. Il vient de recevoir son texte des mains de la scripte : douze mots, pas moins, qu'il doit lancer à pleins poumons au paysan enragé :

«ESPÈCE DE SALE PETIT CON, TU VAS EN PRENDRE PLEIN LA GUEULE.»

Tout est prêt, silence, moteur, on tourne.

Le paysan enragé accable Félix de noms d'oiseaux (bien mérités). C'est à lui.

RIEN.

Pas un son. Félix reste muet.

– COUPEZ ! hurle le réalisateur. Et à Félix : Qu'est-ce qui vous arrive, mon vieux ?

Sous le casque, on perçoit mal la réponse.

– On fait une autre prise. Vous êtes prêt, cette fois ?

Félix acquiesce vigoureusement du chef.

Silence, moteur, on tourne.

Le paysan (un acteur, lui) répète sans faillir ses

noms d'oiseaux d'une voix haineuse dont on dirait qu'elle est sincère. Le réalisateur pointe le doigt vers Félix. C'est à lui.

– SI NOUS CHERCHIONS PLUTÔT UN TERRAIN D'ENTENTE, improvise celui-ci d'une voix vibrante en retirant son casque et tendant la main au paysan enragé interloqué.

– ON COUPE.

La scripte a piqué une crise de nerfs, le producteur a piétiné son cigare, le réalisateur, en état de choc, a écouté Félix lui exposer qu'il n'était pas d'accord avec l'esprit de la scène. À cet instant de l'action, plutôt que de lancer son : «ESPÈCE DE SALE PETIT CON, TU VAS EN PRENDRE PLEIN LA GUEULE», il estimait que le policier devait fraterniser avec le paysan, se rallier à sa cause comme l'avait fait le châtelain. Ce serait beaucoup plus beau et de toute façon la violence ne menait à rien.

«Sois toi-même», avait recommandé Césarine à Félix.

C'est pour l'avoir été que s'est terminée une carrière d'acteur pourtant bien engagée.

Devant cette injustice notoire, le syndicat des figurants, naguère hostile au blanc-bec, s'est mobilisé pour lui obtenir un dédommagement. Césarine a perdu sa cliente. Albin n'a pas été surpris.

– Il n'y a qu'une chose qui m'étonne, a-t-il remarqué avec un rire destructeur, c'est qu'avec leurs idées de fraternité, tendre l'autre joue et tout ça, ils ne nous aient pas encore traînés à l'église. Et quand on parraine un dauphin, peut-on refuser le baptême à son enfant ? Voilà ce qui nous pend au nez à présent. On parie ?

CHAPITRE 28

– J'ai à te parler, m'man.

Encore ? Décidément, c'est le gag.

Cette fois, Césarine m'a rejoint dans ma chambre où je me détends avant mon premier rendez-vous de l'après-midi. Tiens : Félix ne l'accompagne pas. Une nouveauté. Bon ou mauvais ? Elle s'installe en tailleur au bout du lit et tire-bouchonne ses socquettes comme lorsqu'elle était gamine et m'annonçait qu'elle avait encore recueilli un chat égaré, un chien famélique, un oisillon tombé du nid.

– Ne préfères-tu pas attendre le retour de ton père, mon trésor ? Tu sais combien il prend à cœur tout ce qui te concerne.

– Justement, répond Césarine. Ça risque de pas tellement lui faire plaisir, lui qui galère déjà pour sa retraite...

Apparemment, cette fois, ce n'est pas une «merveilleuse nouvelle» qui nous attend. Au moins un peu de changement.

– Si on a bien compris, le mariage civil, pour vous, c'est juste un bout de papier, commence-t-elle. Y'a que le religieux qui compte.

Patatras ! Albin est un devin : le bébé couple a décidé de se marier à l'église. Ne manquerait plus que ce soit en blanc.

Je risque :

– Tu sais, ce n'est pas parce qu'on parraine un dauphin...

– C'est fini, ça. On le parraine plus, il s'est évadé, m'apprend Césarine. Et, les dauphins c'est pas la question. Voilà, Félix et moi, on a décidé de se séparer.

– COMMENT ?

Je n'ai pu retenir mon cri. Les yeux de ma fille se sont donc enfin dessillés, elle a compris son erreur, son amour est mort avant d'avoir vraiment vécu... Ah ! ah ! docteur Legrêle, celle-là, vous ne l'aviez pas prévue !

– Sûr que ça a pas été une décision facile, soupire-t-elle.

Je retombe sur terre. La pauvre petite ! Quel courage elle a eu. Et enceinte de sept mois en plus. Sans compter que toute rupture, même justifiée, même pour aller vers le meilleur, est un échec, un deuil à accomplir. Nous allons devoir être très près d'elle.

Je prends sa main dans la mienne. Finalement, c'était plutôt mignon, cette bague en poil d'éléphant. Moins solide qu'un diamant, bien sûr, moins durable : quel symbole !

– Dis-moi tout, ma chérie. Comment vous y êtes-vous résolus ?

– Ben voilà, explique Césarine, les yeux humides. Avec tout le travail que Félix a fourni : Thanatos, l'animation, le tournage, il est de nouveau à la Sécu. Il aura même droit aux Assedic pendant un an. Comme il paie pas d'impôts, la demi-part pour un enfant, ça nous intéresse pas. Si on se sépare, moi je pourrai toucher l'allocation parent isolé. Alors, comme on pense nous aussi que le mariage civil c'est que du papier, on a décidé de le déchirer.

Je lâche sa main. Elle me tuera.

– Veux-tu dire que ce n'est pas pour de vrai ?

– Et pourquoi on se séparerait pour de vrai ? s'indigne Césarine. Y a pas de raison, on s'aime !

Je bégaye :

– Mais si vous vous séparez, vous ne pourrez plus continuer à vivre ensemble ?

– C'est ça le problème, reconnaît Césarine en essuyant une larme. D'ailleurs, ça s'appelle «séparation de fait», ça dit bien ce que ça veut dire... Heureusement, là, y'a plutôt une bonne nouvelle : tante Édith est d'accord pour louer sa mansarde à Félix à condition qu'il la réhabilite. De toute façon, t'en fais pas, c'est seulement pour septembre, après *Le Roncier*. Et quand on reprendra la vie commune, cette fois, on passera par l'église, promis.

J'ai suspendu une pancarte à la porte de mon perchoir : «Absente pour cause de deuil» et j'ai foncé au caveau.

Le club battait son plein. Dans son costume trois-pièces à fines rayures, Wilfried était magnifique : un roi ! J'ai dû attendre que la reine soit morte (expression de bridge) pour pouvoir lui parler. Elle m'a entraînée dans sa chambre (toujours un seul lit et à une seule personne).

— Je te donne deux minutes. Ça ne se fait pas de quitter la table. Je risque d'être pénalisée, le bridge, c'est sérieux, figure-toi.

— Ce que j'ai à te dire aussi : c'est vrai que tu vas loger le coucou ?

Elle a refermé vivement la porte :

— S'il te plaît, n'appelle jamais Félix comme ça devant Wilf.

Coucou-père risquerait-il de se reconnaître ? Ah ! ah !

— Félix va remettre ma mansarde en état, s'est-elle expliquée. Et il paiera un petit loyer, ce qu'entre parenthèses tu n'as jamais eu le courage de lui demander.

— Tu me l'avais déconseillé. Et je suppose que tu sais pourquoi ils se séparent : pour les allocations.

— Ils se sont bien mariés pour la Sécu.

— Mais c'est de la triche !

Édith a eu un rire, un vrai, un spontané, un rire de dame de cœur.

— Tout de suite les grands mots ! Ma pauvre, si tu arrêtais de tout prendre au tragique.

Et avant que j'aie pu lui expliquer que la situation était bel et bien tragique, elle est repartie, d'un pas dansant, donner libre cours à son vice. Le bridge vous fait perdre tout sens moral, il n'est d'ailleurs qu'à en étudier le vocabulaire : on feinte, on ruse, on dissimule ses atouts, je ne parle pas de ce que l'on fait à la reine.

J'ai sauté dans un taxi et donné l'adresse d'Hespérus. Il m'arrive rarement d'aller voir Albin au bureau et c'est toujours pour moi une expérience passionnante que de surprendre l'homme de ma vie dans son cadre. En quelque sorte, cela le rehausse à mes yeux : ici, c'est le patron ! Maman a bien tort de dire que le temps des femmes est venu ; je détesterais faire ce métier, prévoir, toujours prévoir, et rien que du mauvais.

Il recevait un client et l'on m'a fait attendre malgré ma qualité d'épouse. J'en ai profité pour mettre au point une tactique afin de lui éviter toute fausse joie, même passagère. Lorsque sa secrétaire m'a annoncée, il a sauté au plafond.

– Ça y est ? Il est né ?

– Pas à sept mois, voyons ! Et je t'aurais appelé.

Il a repris place sur son siège. Il portait le gilet à carreaux que je lui avais offert pour Noël, très *in* avec sa cravate à pois.

– Que me vaut donc l'honneur de votre visite, madame ? a-t-il demandé, et j'ai vu que lui aussi prenait plaisir à me recevoir dans son cadre.

– Te rappelles-tu pourquoi Félix et Césarine se sont mariés ? me suis-je enquise, simulant un trou de mémoire – ce qui est toujours un immense réconfort pour ceux qui sont en train de la perdre.

– Pour que Félix soit un ayant droit, a-t-il répondu du tac au tac.

– Eh bien, figure-toi qu'il n'a plus besoin de l'être puisque, grâce à ses nombreux emplois passagers, le voilà de retour sur notre chère Sécu. Il va même toucher des Assedic !

– Et c'est pour m'annoncer cette bonne nouvelle que tu es venue jusqu'ici ?

– Je voulais que tu saches aussi que Césarine l'aimait toujours autant, ai-je insisté.

– Et alors?

– Alors ils ont décidé de se séparer pour qu'elle touche l'allocation «parent isolé». Ça s'appelle une «séparation de fait».

J'ai vu se poser sur moi l'œil de Caligula, tyran qui faisait exécuter les messagers du malheur. Je n'ai pas reculé.

– Et lorsqu'ils reprendront la vie commune, cette fois, ils passeront par l'église, Césarine me l'a promis.

Caligula est resté quelques secondes immobile, le temps de me croire, puis il s'est levé et il est allé fourrager fébrilement dans une pile de dossiers. Je me suis inquiétée pour son mental: me prenait-il pour une simple cliente? Pourtant, on ne pouvait me reprocher de n'avoir pas pris de gants.

Soudain il a poussé un cri de triomphe et a jeté l'un des dossiers sur mes genoux.

– Le voilà.

– Le voilà qui?

– Le bigorneau perceur.

J'ai frémi: cette fois, il avait vraiment disjoncté.

– Une catastrophe naturelle imprévisible, donc non assurable, s'est-il expliqué. Comme Félix.

CHAPITRE 29

Le bigorneau perceur, appelé aussi routoutou, est un gastéropode qui se fixe sur l'huître et, après avoir percé son habitat, la dévore sans scrupules.

Pas si mal trouvé, l'exemple! Fortiche, Albin! N'oublions pas qu'il fut un temps où Félix parlait abondamment de conchyliculture : intéressé par les confrères?

Afin de donner de la solennité à l'entretien, Albin a convoqué le bigorneau à Hespérus et lui a expliqué qu'on ne pouvait être à la fois dehors et dedans et qu'en conséquence, sitôt la demande d'allocation « parent isolé » déposée, il devrait quitter l'huître nourricière. Nous n'entendions pas être accusés de complicité par les agents du fisc qui ne manqueraient pas de vérifier sur place si la séparation était effective.

– Mais nous resterons amis, j'espère! s'est écrié Félix.

Parlait-il de nous ou de notre fille? Albin n'a pas cherché à éclaircir, il a répondu en bloc :

– Tant que vous voudrez, mais pas à la maison.

Ils se sont serré la main.

– Tout ça est moins mauvais qu'il n'y paraît, m'a fait remarquer Albin. Si mon métier m'a appris quelque chose, c'est bien qu'il est toujours plus difficile de rentrer que de sortir.

À creuser.

La mansarde d'Édith lui servant de débarras, Félix

a été autorisé, après qu'elle l'eut vidée du meilleur, à disposer de l'inutilisable avant de rénover. C'est là qu'il m'a semblé reconnaître, dans la combinaison rouge de déménageurs, les témoins du mariage de Césarine. Lorsque, quelques jours plus tard, ils ont réapparu, cette fois dans la blouse blanche de peintres, je me suis étonnée.

– Ce n'est donc pas Félix qui rénove ?

– Il a cédé les travaux aux copains en échange des vieilleries de tante Édith, m'apprend Césarine.

Cela sent le troc. Et contre quoi a été cédé le pillage du buffet de mariage ?

– C'est qui, exactement, ces copains ?

– Pierrot et Doudou, répond Césarine.

Me voilà bien avancée.

– Et ils font quoi ?

– Ils galèrent, comme tous les jeunes, dit Césarine avec un soupir.

– Et ils vivent où ?

– Où ils peuvent. Ils ont pas la chance d'avoir une famille, eux ! D'ailleurs, ils rêvent de vous connaître.

J'ai remis à plus tard : des S.D.F., je l'avais pressenti.

À propos de toit, toujours aucune idée sur celui où petit Gémeaux verra le jour. En revanche, plein d'idées sur les biorythmes de Césarine que Félix étudie pour définir la meilleure date de cette venue.

Tout un chacun, même Pierrot et Doudou, a trois cycles : physique, émotif et intellectuel. Accoucher dans l'émotif, c'est risquer le fameux *baby-blues* ; dans l'intellectuel, on a la tête à autre chose ; l'idéal est le cycle physique, celui où le coureur cycliste et le lanceur de poids accomplissent leurs meilleures performances : mi-juin pour Césarine. Croisons les doigts.

La mansarde rénovée, grand branle-bas de lits boulevard Saint-Éloi.

Un : le lit gigogne de Césarine traverse sur les épaules de Pierrot et Doudou en direction du nouveau squatt du coucou.

Deux : le lit fakir descend à la cave.

Trois : le lit bateau de Lionel réintègre sa chambre d'origine. En voilà un qui va avoir une bonne surprise ; il s'est annoncé pour juin. Ça tombe bien !

Quatre : un délicieux couffin recouvert de vichy rose et bleu prend place près du lit bateau. (Toujours *black-out* sur le sexe du futur locataire.)

Exit des peintres-déménageurs. Égoïstement, je me sens soulagée.

Un royal trousseau est arrivé pour petit Gémeaux de la part d'Ingrid. Elle l'avait bien dit : les questions d'argent s'arrangent toujours. (Demandez leur avis aux S.D.F.) Au moins, le petit ne sera pas nu. Pour ranger les merveilles, il a fallu libérer une étagère dans l'armoire de l'entrée et descendre à la cave les trésors de Lionel. On ne peut tout avoir dans la vie : n'a-t-il pas récupéré son lit ?

Table à langer et baignoire en plastique ont été casées dans la salle de bains. Le pèse-personne a émigré dans notre chambre ; résultat, je m'y perche toutes les trois minutes, ce qui n'est pas fait pour remonter le moral d'une personne que les soucis enrobent.

Déjà le mois de mai, autrefois mon préféré.

Miss Péridurale, comme l'a joliment baptisée Albin, vient de plus en plus souvent aider Césarine et Félix à soulever leur bassin tout en alternant rires et respiration. Mme Lopez di Erreira assure en recevoir les échos jusque dans sa loge ; ça la rajeunit.

Une soirée comme les autres, à un mois environ du grand jour.

– Félix ose pas vous le demander, mais y'a une chose qui lui ferait énormément plaisir comme cadeau de naissance, annonce Césarine.

Tout rouge, celui dont il est question se tortille aux côtés de notre fille. On a parfois l'impression qu'elle a deux enfants : deux enfants à naître.

– Dis toujours, répond Albin, prêt à toutes les concessions depuis que les jours du bigorneau ici sont comptés.

– Il aimerait que vous le tutoyiez, le « vous », on a beau dire, ça crée une distance. Et puis, tante Édith le tutoie bien, elle !

Son « petit Félix »... l'hypocrite ! C'est du rapprochement avec Wilfried que date le tutoiement. Et nous, c'est justement pour garder la distance qu'on s'y est toujours refusés. Imaginez qu'il nous rende la pareille ?

Je cherche à noyer le poisson.

– Savez-vous, Félix, que les parents de la golden mamie se vouvoyaient ? Et, bien sûr, ils disaient vous à leurs enfants. Ça n'empêchait pas...

– Eh ! oh ! maman, où on est là ? Dans la préhistoire ? Tu voudrais peut-être qu'on vouvoie notre bébé, c'est ça ?

Horrifiée, Césarine serre son ventre à deux bras. L'impasse.

– Je propose un troc, déclare soudain Albin.

Là, on est tous bluffés. Félix regarde son encore beau-père avec une admiration sans bornes. L'œil de celui-ci fait le tour de l'assemblée, s'arrête sur sa fille.

– Le tutoiement contre l'adresse de l'hôpital où tu accoucheras. À moins, ajoute-t-il avec humour, que pour t'y emmener, tu préfères un taxi à la voiture de ton père.

– Pas besoin de taxi, j'accouche à Saint-Éloi, répond Césarine.

Soudain, j'ai du mal à respirer.

– Ça alors, ce n'est pas banal ! s'exclame Albin. Le nom de notre boulevard... Comme coïncidence. Et il est loin ton hôpital Saint-Éloi ?

– C'est pas un hôpital, c'est une petite clinique privée qui vient juste d'ouvrir, répond gaiement Césarine. Pas loin du tout. Félix te guidera.

– C'est bien sûr, ça ? Vous connaissez l'adresse ? demande Albin au coucou.

– Attention, pas VOUS, TU, se tord Césarine.

– TU connais le chemin ? se reprend Albin, tout rouge à son tour.

– Par cœur, vous pouvez compter sur moi, répond l'intéressé.

Ouf, lui continuera à nous vouvoyer !

– Eh bien, à présent, vous n'avez plus qu'à vous embrasser ! déclare notre fille.

Se jetant sur l'annuaire, Albin a été fort surpris de n'y pas trouver de clinique Saint-Éloi. Je l'ai rassuré.

– C'est normal puisqu'elle vient d'ouvrir.

Il en a quand même profité pour réenfourcher son leitmotiv :

– Tu ne m'empêcheras pas de penser que Césarine a une idée derrière la tête. Ça ne se passe pas du tout comme ça dans les autres familles.

Voilà qui fait toujours plaisir aux mères de familles anormales…

– Et comment ça se passe, s'il te plaît, dans les autres familles ?

– Eh bien, les futures mamans sont très énervées, elles n'arrêtent pas de faire et défaire leur petite valise de crainte d'avoir oublié quelque chose. Elles bombardent leur entourage de coups de téléphone pour leur donner les coordonnées de la clinique afin d'avoir des visites. Ta fille ? Rien de tout ça. À croire qu'elle pense accoucher par l'opération de la déesse Shiva.

À nouveau, j'ai du mal à respirer. Mais pourquoi inquiéter Albin avec mes élucubrations ? Me reproche-t-il assez mon imagination débridée ! Je la bride.

Le dauphin tursiops porte son bébé onze mois ; le grand moment venu, il est aidé par une femelle appelée « marraine ».

Une autre soirée comme les autres. À quinze jours environ du grand moment.

– Dis donc, papa, ça te ferait plaisir d'assister à une naissance ?

Un moment, Albin reste interloqué. Puis il éclate de rire : un mauvais rire, faux à souhait.

– Ce serait avec joie, ma petite fille. Mais, comme tu le sais sûrement, seul le mari est accepté en salle de travail.

Césarine échange un regard entendu avec Félix et se tourne vers moi.

– Et toi, m'man, t'aimerais ?

– JE DÉTESTERAIS.

Foin d'hypocrisie : il faudrait qu'on me ligote. Voir la chair de ma chair écartelée, assister à l'expulsion, aussi difficile, longue et douloureuse, quoi qu'on en dise, que celle de locataires abusifs, quand bien même, ce faisant, Césarine se tiendrait les côtes, JAMAIS !

– Bon, bon, j'ai rien dit ! C'était juste au cas où, répond Césarine.

Au cas où quoi ?

Lionel s'est annoncé pour le week-end du quinze. À la moindre grimace de sa fille, Albin pose sa question préférée : « Est-ce que ça y est ? » Il ne rentre plus sa voiture au garage, trop éloigné de la maison. Il vérifie qu'il a toujours le plein.

CHAPITRE 30

Quinze juin, onzième jour du cycle physique de Césarine, période ascendante, supertonus.

À cinq heures du matin – trop tôt pour que ce soit Lionel, il a bien choisi son jour, celui-là –, des bruits insolites m'arrachent du sommeil : torrents d'eau dans la salle de bains, déclic significatif du Tout en Un, voix étouffées. Je secoue vigoureusement Albin :

– ÇA Y EST !

– Ça y est quoi ?

Il se tourne de l'autre côté, se rendort aussi sec.

– LE BÉBÉ.

– COMMENT ?

C'est enfin arrivé jusqu'à sa conscience.

– Je vais faire chauffer la voiture.

Il saute dans son pantalon de velours, ses chaussures-loques du dimanche, disparaît.

Je passe mon jogging en m'exhortant au calme et délaçant mes nombreux nœuds intérieurs. Personne dans le couloir ni dans la salle de bains. Lit bateau désert. Cela ne peut se passer que chez le grand-père (celui de l'urne).

Des bouffées de musique subliminale (chants de nature en fête traversés de messages secrets destinés aux ondes alpha) en montent. On y respire aussi. Plutôt bruyamment. Quelques rires.

J'hésite devant la porte close, lorsque Albin réapparaît, superspeed, à la recherche de ses clés de voiture. Tiens : il n'a plus qu'une chaussure. Après avoir mis notre chambre à sac, il finit par retrouver les clés dans sa poche et fonce vers l'ascenseur dont il avait bloqué la porte avec l'autre chaussure de peur qu'on le lui vole. Il est happé par la cage d'escalier.

Me revoilà devant l'ashram, hésitant toujours à déranger, lorsqu'on sonne à la porte d'entrée. Albin aurait-il, cette fois, perdu les clés de la maison ? Mais non, ce n'est que Miss Péridurale, succombant sous un énorme sac à dos et une table pliante (le modèle utilisé par la masseuse à domicile d'Édith). Tout essoufflée, elle est montée à pied.

– Une tuile que l'ascenseur soit en panne.

J'évite de citer la chaussure et lui fait constater qu'il fonctionne à nouveau. M'écoutant à peine, Solange me précède vers l'ashram où elle entre sans frapper, en terrain conquis. Bref pinçon au cœur : pourquoi les mères sont-elles toujours les dernières à conquérir l'intimité de leur fille ?

Dans la musique subliminale, lunettes de relaxation sur le nez, deux gisants, dont un ballonné, descendent dans leurs ondes alpha tout en respirant en cadence.

Je frappe joyeusement dans mes mains.

– O.K., les enfants, on y va, la voiture est chaude !

Trois regards incrédules me fusillent.

– Pouvez-vous nous laisser un instant, madame, je vous tiendrai au courant, suggère Solange en me poussant vers la sortie.

J'ai le rouge au front : c'est bien moi de vouloir toujours mettre la charrue avant les bœufs ! Albin me manque. Je cours à la fenêtre du salon. La voiture est garée juste devant notre porte cochère, on entend ronronner le moteur. Comment lui faire savoir que le départ n'est pas imminent ? Je m'époumone en vain. C'est qu'il est bien capable de s'être endormi au volant ! Albin a toujours confondu sa voiture chérie avec l'utérus maternel. Si je continue à crier comme ça, c'est Édith que j'aurai sur les bras. Retour au salon, où je cherche un objet lourd et sans valeur pour le laisser choir sur le capot afin d'attirer l'attention du conducteur. Gagné !

Petit essai de marche afghane en l'attendant. Aucun résultat ! Apparemment, ça ne fonctionne que quand on n'en a pas besoin ; je suis au comble de l'énervement, des vagues d'idées noires m'assaillent, les choses se passeront au plus mal, je le sais, je le sens. Voici enfin Albin, écumant, le presse-papier en pavé de Paris au poing.

— Tu n'es pas folle d'avoir jeté ça ? Tu as failli me tuer ! Il y a un trou dans la carrosserie.

Avant que j'aie pu lui expliquer pour Édith, apparition de Miss Péridurale en blouse blanche, masquée, gantée, bottée.

— Tout va bien, Césarine en est déjà à la petite paume.

— PETITE PAUME ?

À grande, c'est l'expulsion.

Le plus calmement du monde, celle qui prétend s'appeler sage-femme, va à l'armoire à linge et en sort une paire de draps, omettant de vérifier si ce sont les ordinaires ou ceux des invités. Comme elle se dirige vers le couloir, elle trouve Albin sur son chemin, bras en croix.

— Puis-je vous poser une question, madame ? Qu'attendons-nous pour partir ?

Venant d'un extra-terrestre, la question ne l'étonnerait pas davantage :

— Césarine ne vous l'a pas dit ? Elle souhaite mettre son bébé au monde ici.

— MAIS C'EST INTERDIT.

— Ah ! bon ? Et par qui donc ?

Tandis qu'Albin cherche une réponse, c'est vers moi, plus solide moralement, que la praticienne se tourne.

— Pouvez-vous faire chauffer de l'eau ? Votre plus grand récipient, s'il vous plaît.

La porte de la salle de travail se referme sur elle, je marche vers la cuisine d'un pas afghan, Albin me suit d'un pas guerrier.

– TU LE SAVAIS!

Oui! Dans le tréfonds de ma conscience, je l'avais deviné mais refusais d'y croire. Et si petit Gémeaux ne vit pas (cordon autour du cou, siège, personne non qualifiée pour pratiquer la césarienne), j'en porterai la responsabilité. Je n'ai pas voulu lire les messages (sur messages) que nous envoyait Césarine. Une fois de plus, j'ai fui la réalité.

En échange d'une heureuse conclusion, je promets un pèlerinage à Notre-Dame de Chartres.

– J'appelle le S.A.M.U., décide Albin, plus pragmatique.

Il se précipite dans le salon et moi à la cuisine où je mets de l'eau à chauffer dans le fait-tout géant destiné aux crabes et au pot-au-feu. Je retrouve mon mari le nez dans l'annuaire, cherchant désespérément le numéro des secours d'urgence. Sur mon conseil, il forme le 12 où il obtient Mozart, les renseignements téléphoniques et une voix lui demandant de patienter.

De l'ashram, nous parviennent rires et respirations mêlés. Grande paume? Je promets un pèlerinage à Notre-Dame de Lourdes. Avec le 13, Albin vient d'avoir Vivaldi, le service des dérangements et l'injonction de rappeler après huit heures. Il va pour former le 14 lorsque Miss Péridurale apparaît, traînant Félix par les pieds, lui aussi en blouse blanche, masqué, ganté, botté. On le croirait dans un linceul.

– Occupez-vous de lui, il a eu un malaise. Et cette eau?

Je laisse le linceul à Albin et cours à la cuisine où l'eau frissonne, mais moins que moi. Une grâce d'État (coup de main envoyé par le Ciel en cas d'urgence) me permet de soulever seule le récipient et de parvenir jusqu'à l'ashram dont j'ouvre la porte d'un grand coup de genou.

Sous le drap des invités, pieds dans les étriers de la table de massage, la chair de ma chair halète. Je promets un pèlerinage à Notre-Dame del Pilar.

– On va avoir besoin de papa, souffle Césarine

entre deux contractions. Tu t'en souviens, m'man, il avait pas dit non.

Si je m'en souviens ! Ça m'avait même marquée. Je cours au salon où Albin vient de raccrocher au nez de Bach et de l'Agence commerciale, suivie par Solange qui lui présente une blouse blanche. Je ne m'étonne pas de le voir l'enfiler sans protester : l'homme de ma vie n'est pas du bois de ceux qui oublient leurs promesses. Avant de disparaître, il me désigne d'un doigt tragique le téléphone. Je comprends le message sept sur sept et trouve les pompiers du premier coup. Je leur expose la situation : mon mari, que la vue d'une seringue envoie dans les pommes, est en train d'accoucher sa fille. Ils promettent d'être là dans quelques minutes.

Je n'ai pas le temps d'aller sauver Félix que la porte de l'ashram s'ouvre et que Solange apparaît, traînant Albin par les pieds.

– Il a eu un malaise. Je vais avoir besoin de vous. Avez-vous une blouse ? J'ai épuisé le stock.

Elle trouve moyen de rire. Je promets un pèlerinage à La Mecque.

J'ai tout fait ! Poussé avec Césarine, tenu sa main, épongé son front et pleuré lorsque est apparu Babylas. Et, bien que m'étant juré de ne jamais assister à une naissance, je crois bien que c'est là, dans l'épreuve, que j'ai commencé à l'aimer.

Nous venions de couper le cordon lorsque les pompiers ont défoncé la porte. Ils ont eu fort à faire pour ranimer les deux pères, peu pressés de quitter leur bienheureuse inconscience pour replonger dans la vie ; ils ne s'y sont vraiment résolus que lorsqu'ils ont compris que tout était fini.

Césarine a refusé qu'on l'emmène à l'hôpital. Elle paraissait en si bonne forme, Babylas déjà accroché à son sein, que les pompiers n'ont pas insisté.

Lorsque Albin est descendu arrêter son moteur, la voiture avait disparu. Une bonne surprise : nul ne la lui avait volée, c'était la fourrière qui avait emmené l'épave sur la demande de nos sauveurs au cas où sa présence aurait gêné leurs manœuvres.

Le lit bateau étant trop dur pour les reins éprouvés de la jeune accouchée, nous l'avons installée dans le nôtre. C'est là que Lionel, débarquant de Toulon par le train de nuit, a trouvé le bébé couple endormi près de leur fruit. Il s'est contenté de passer la tête dans son ex-chambre où nous récupérions, Albin dans le lit bateau, moi par terre comme il se doit, et de remarquer :

– Je vous l'avais bien dit.

QUATRIÈME PARTIE

L'as Babylas

CHAPITRE 31

Éveillé! C'est le qualificatif le plus approprié. À trois mois, éveillé comme un bébé de cinq et je ne suis pas de naturel indulgent, j'aurais même plutôt l'œil critique.

Ravissant! Alors que la plupart des nourrissons ont tout du petit babouin. Et ceci dès la minute même de sa naissance, ne suis-je pas bien placée pour le savoir, y ayant participé? Une incroyable bouille ronde, tapissée de duvet noir et des yeux dont la couleur se rapproche un peu plus chaque jour de celle de sa grand-mère (maternelle).

Paisible! Ni abruti ni braillard : la sérénité d'un être nourri à la demande, dont l'appel est toujours écouté.

Ah! ce n'est pas Césarine qui laisserait son bébé hurler sous prétexte que cela lui fait la voix ou le caractère, altérant ainsi, dès le couffin, la confiance que l'enfant, et plus tard l'adulte, aura en lui-même et en une société si peu accueillante. Écoutez-le, derrière ses cris, celui qu'on refuse d'entendre : «Comment? J'ai faim et personne ne me donne à manger? Dans quel monde me suis-je donc fourvoyé!»

Bref, entre mélopées planantes et musique rap, un bébé exceptionnel nous est tombé du ciel. Et n'imaginez pas que c'est la grand-mère qui parle, c'est la «pro» en quelque sorte, celle qui derrière des générations de jeunes, traînés chez elle par des parents en difficulté, a appris à lire le nourrisson qu'ils avaient été.

D'ailleurs, Albin est d'accord avec moi : un as, Babylas ! Mais Albin c'est différent, il est complètement gâteux. Étrange d'ailleurs pour un homme que, jusque-là, les petits assommaient. Faut-il que l'as soit convaincant !

Nous sommes rentrés du *Roncier* début septembre et, comme prévu, Césarine et Félix se sont séparés de fait afin qu'elle puisse demander l'allocation « parent isolé ». Le fauteuil à oreilles a repris place au salon devant le grand poste de télévision. Rentrant d'Hespérus, la joyeuse phrase d'Albin retentit à nouveau ; dans son « Est-ce qu'il y a quelqu'un ? », je sens qu'il inclut désormais un être supplémentaire et je réponds tout simplement : « Nous. »

N'empêche, cela fait drôle de ne plus avoir Félix à la maison ! Il m'arrive de me retourner brusquement, certaine de trouver son sourire derrière mon épaule, mais non, personne. J'en suis parfois déconcertée.

Normal, affirme ma crémière (avec qui j'ai renoué), lorsqu'un événement longuement et ardemment souhaité se réalise enfin, on peut ressentir comme un vide : le but atteint, on n'a soudain plus rien à viser (pense-t-elle au décès de son mari* ?). En tout cas, c'est bien triste de penser que la colère, la haine, la rancœur emplissent autant l'âme que l'amour. Étonnez-vous de l'état de la planète !

Voici de nouveau Albin préposé au café du matin (Félix avait fini par s'en charger pas mal du tout). De mon côté, je ne crains plus, pénétrant dans la salle de bains, d'y trouver un long corps mijotant dans mes sels. Reconnaissons cependant que celui qui y a pris la place de son père, bien que de taille infiniment plus modeste, occupe nettement plus d'espace (changes complets, lait de toilette, serviettes rafraîchissantes, pharmacie diverse). Il est aussi la cause de plus d'inondations et remplit davantage la poubelle (que personne ne trouve plus plaisir à descendre). Nul ne cire plus non plus nos chaussures : passion d'un être

* Se reporter aux statistiques de la page 15.

étonnant qui, lui, n'aime que les chaussons. Enfin, autre changement, cette fois au profit d'Albin : *Flibustier* a été abandonné pour *Caresse*, mon eau de toilette sans alcool dont le petit est inondé.

Le lait maternel, aliment bâtisseur du cerveau, ayant pleinement rempli son office durant les trois premiers mois de Babylas, Césarine ne donne plus que deux tétées par jour : une au réveil, l'autre le soir. Sont apparus à la cuisine stérilisateur, chauffe-biberon et cargaison de lait en poudre.

Le grand-père, baptisé à cette occasion « grand maître », a le privilège de donner chaque jour à Babylas sa vitamine D contre le rachitisme : trois gouttes à la cuillère.

C'est Félix (le père), qui, de deux à six heures de l'après-midi, s'occupe de mon petit-fils. L'été indien lui permet de le promener square Victor-Hugo, dans le landau offert par Édith, muni de tant d'accessoires inutiles que l'on dirait un corbillard.

L'autre après-midi, ayant une course urgente à faire du côté de notre grand poète, je constate un attroupement autour d'un banc. M'approchant, je découvre dans les bras de Félix, Babylas dégustant son biberon de quatre heures sous le regard ébloui de mères moins gâtées. Il porte le petit bonnet que je lui ai offert, les louanges fusent de toute part, j'ai envie de m'approcher, me nommer. La pudeur m'a retenue.

Sitôt la tétée du soir donnée, Césarine nous confie Babylas, compose son panier-repas en puisant dans le Frigidaire et file le partager avec Félix. Où ? Nous préférons fermer les yeux car Édith lui a interdit l'accès de la mansarde, tenant encore moins que nous à ce qu'un enquêteur du fisc mette le nez chez elle. À mon avis, les finances de Thanatos ne sont pas nettes. Quant à celles du club de bridge, où des sommes folles s'échangent autour des tapis verts, n'en parlons pas !

Hier, un courrier à en-tête du ministère des Affaires sociales, destiné à Félix, s'est égaré dans notre boîte. Je me suis permis de l'ouvrir au cas où il y aurait urgence. Le coucou fait un stage !

J'ai couru remettre l'enveloppe à Césarine.

– Un stage de quoi?

– Il acquiert une technicité pour appréhender la relation d'aide et développer un meilleur professionnalisme, a-t-elle répondu gravement.

Albin n'a pas compris mieux que moi ce langage de spécialiste mais il a trouvé cela d'excellent augure.

– Un meilleur professionnalisme, que demander de plus? Tu vois, Lionel avait raison: depuis qu'ils sont séparés, les choses s'accélèrent, s'est-il félicité. Et le ministère des Affaires sociales, c'est autre chose que celui de la mer, avec les dauphins tursiops...

À ce souvenir, nous avons ri de bon cœur; toute blessure finit par cicatriser.

Un hamac miniature a pris place dans notre chambre. Le bercement de cet accessoire, fort prisé en Afrique, Asie et Océanie, évite les pleurs vespéraux du bébé.

Souvent, je viens m'y pencher; Babylas me regarde, on jurerait qu'il me reconnaît. Nous échangeons un sourire complice et je donne raison à Ingrid: s'occuper de son petit-fils, c'est le risque délicieux de s'y attacher.

CHAPITRE 32

J'ai devant moi, cet après-midi de novembre, un garçon qui s'est mis en tête, s'il réussit son bac – ce qui lui pend au nez puisqu'il s'y présente pour la troisième fois et que ce diplôme est aujourd'hui donné à presque tous –, de faire psycho. Cela soucie fort ses parents car, selon de récentes statistiques, ces praticiens seront bientôt plus nombreux que les éventuels patients (comme les delphinologues).

L'an dernier, c'était l'éducation physique qui aimantait les jeunes, y compris ceux que dame nature avait peu gâtés côté charpente ; comme si Félix décidait de se consacrer à la varappe ou au Deltaplane, ah ! ah !

Selon la mère du jeune Rémi, avec laquelle j'ai eu un entretien la semaine dernière, celui-ci est un actif-né : très adroit de ses mains, il se passionne pour tout ce qui roule et serait bien meilleur à triturer les moteurs des voitures que le cerveau de ses semblables. Mais, à l'idée d'être privé d'université, Rémi voit rouge.

Je sonde le terrain avec prudence.

– Et pourquoi cette voie t'attire-t-elle plus particulièrement ?

– Ben, c'est pas tellement moi, répond Rémi, mais ma copine, Vanessa, l'a choisie. Le psy, il paraît qu'il a pas trop à se fouler, c'est le malade qui fait tout le boulot et, quand le malade vient pas, il passe quand même à la caisse.

Je chasse de mon esprit un certain Legrêle.

– Si le patient fait, en effet, l'essentiel du travail, le praticien doit malgré tout être au courant de certaines choses pour aiguiller le monologue.

– C'est clair, reconnaît Rémi. Ça dispense pas de bosser, mais Freud, il paraît que c'était un petit rigolo : il ramène tout au sexe, comme nous. Et puis l'université, c'est super, on a des tas de réducs partout, sans compter que pour le cinéma...

Soudain mon attention se relâche. N'ai-je pas entendu, à l'étage inférieur, un délicieux cri d'oisillon ? Depuis quelque temps, je laisse la porte de communication ouverte, en bas des dix-sept marches de mon chemin de croix, au cas où on aurait besoin de moi.

Coup d'œil à ma montre : seize heures trente. Coup d'œil derrière mon épaule : il pleut. Félix a dû rentrer Babylas ! C'est l'heure de sa collation avec farine sans gluten et la session de Césarine dure jusqu'à cinq heures... Il y a là une jonction à faire.

Le jeune Rémi, visiblement torturé par l'immobilité, lacère les bras de mon fauteuil, attendant impatiemment que je prononce des paroles dont il ne tiendra aucun compte. À quoi bon lui faire perdre son temps ? Ne le perdra-t-il pas assez durant les années à venir ? Je me lève. Il semble surpris : l'entretien est-il déjà fini ? Je lui dis la vérité : tel qu'il est parti, je ne le convaincrai pas qu'en voulant imiter Vanessa, il se trompe de direction. Le psy est un homme doué pour le silence et l'immobilité, un malheureux qui ne sait pas reconnaître une Alfa Romeo d'une Cooper-Climax, Fangio d'Alain Prost, qui crie à l'aide pour un pneu crevé et serait incapable, lui, de s'y retrouver dans un moteur, activité autrement gratifiante que de démonter les rouages d'un cerveau. Mais cela, seule l'expérience l'enseignera à Rémi ; qu'il revienne m'en parler, si je suis encore là, lorsque ses soupapes commenceront à fumer.

Les soupapes, ça lui fait un effet bœuf ! Contre toute attente, il me semble avoir marqué un point.

Voilà qu'en fin de carrière, je découvre d'autres façons de procéder dans l'exercice de mon métier...

Pas le temps de m'y attarder davantage, je pousse Rémi dehors, dégringole les dix-sept marches et fonce dans la chambre de Babylas.

Confortablement installé sur le lit bateau, un passif-né, à qui l'immobilité n'a jamais fait peur, donne à Babylas son lait-farine sans gluten. Mon sang ne fait qu'un tour : Félix aurait-il oublié qu'il s'était engagé à ne plus mettre la patte à la maison ? Tout juste si cette patte n'est pas dans un chausson.

Je tends les bras vers mon petit-fils qui m'adresse des signes d'intelligence avec ses yeux.

– Je prends le relais, merci et à bientôt.

Le «tu» ne passant toujours pas mes lèvres, j'évite de nommer Félix – ce qui ne facilite pas le dialogue. Quand je pense qu'il y a une minute, là-haut, je tutoyais un inconnu.

Avant qu'il ait répondu, Césarine apparaît.

– Tu peux remonter travailler, m'man ! Félix est là jusqu'à six heures.

– Mais tu sais bien qu'il n'a pas le droit !

– Il l'a depuis aujourd'hui, déclare Césarine en faisant des mamours à son fils. Je l'ai engagé.

– TU AS ENGAGÉ TON MARI ?

– Ni mon mari ni le père de Babylas. J'ai engagé un stagiaire.

Je rêve ! Le stagiaire me regarde avec le sourire paisible de celui qui a retrouvé le toit aimé.

– Il a réussi le premier volet de sa formation au ministère des Affaires sociales, explique ma fille. Il lui reste à mettre en pratique la relation personnalisée avant d'obtenir son certificat d'aptitude. C'est ce qu'il fait ici.

Je demande faiblement :

– Aptitude à quoi ?

– Aide à domicile, laisse tomber Césarine.

Je me laisse tomber, moi, sur le pouf parfumé qui n'exhale plus qu'une odeur de poussière. Césarine sort d'un tiroir une sorte de chéquier. Inutile qu'elle l'agite comme ça sous mon nez, je connais! Tout le monde connaît le fameux «chèque-emploi-service», on en a fait assez de foin à la télévision.

– Je rentre exactement dans le cadre, précise ma fille avec satisfaction. Celui de la famille éclatée, du parent isolé obligé de travailler, avec un môme sur les bras. J'ai droit à huit heures par semaine, déductibles des impôts.

– Mais si le fisc...

– Rien dans la loi ne m'interdit d'engager mon ex-mari.

Lâchons prise et faisons les comptes... Félix sort par une porte pour que Césarine touche l'allocation «parent isolé». Il rentre par l'autre pour l'aide déductible des impôts. Que reste-t-il? Trois pigeons déplumés: l'État et nous. On sonne.

– Voilà ma session de cinq heures qui arrive, dit Césarine. Je file au charbon. Vous permettez?

Elle disparaît. Félix me tend Babylas.

– Cela vous ferait-il plaisir de lui faire faire son rototo?

– Peut-être la loi ne l'interdit-elle pas, mais moi je dis NON!

C'est Albin qui vient de parler. Et, pour une fois, directement à sa fille, sans se servir de sa femme comme tampon.

Ce qui a fait déborder le vase, c'est lorsqu'il a appris qu'avant de retourner sous le toit d'Édith, le stagiaire s'était permis de donner à Babylas ses trois gouttes de vitamine D antirachitisme.

– Et à quoi tu dis «non»? interroge Césarine pincée.

– À l'aide à domicile sous mon toit.

– Babylas a besoin d'un père.

– Il fallait y penser avant de demander la séparation.

– C'est drôle, quand même, d'être à ce point obnubilé par le fisc, remarque méchamment sa fille.

– Sache que la France entière est obnubilée par le

fisc, elle n'en dort plus, elle déprime, elle ne peut plus voir une lettre recommandée en peinture, rétorque Albin. La France entière, sauf Félix et toi, évidemment.

— Ai-je le droit de continuer à recevoir mes élèves ici, c'est légal, ça? interroge Césarine d'une voix pointue.

— Tu as le droit. D'autant que j'ai pris une assurance complémentaire en ce sens, lui apprend Albin — ce qui lui vaut, en guise de remerciements, un sourire ironique de la yogi.

— Félix a-t-il le droit de laisser le landau dans le hall de notre maison ou va-t-il devoir le monter sur son dos au huitième étage de chez tante Édith, puisque sa concierge à elle n'en veut pas? continue notre fille. C'est légal pour le landau? Pas besoin d'assurance complémentaire?

Albin s'étant étouffé, j'ai répondu pour lui. Ce soir-là, il a regardé la télévision dans sa chambre comme si, étant d'accord pour le landau, j'étais passée dans le camp ennemi. C'est ainsi que Félix, engagé par Césarine, a pratiqué son stage d'aide à domicile chez Édith. Légal, ça?

À ne pas creuser.

CHAPITRE 33

« Il a besoin d'un père », a dit Césarine.

C'est clair ! Pour pousser droit, tout enfant a besoin de deux regards : le regard-nid, enveloppant, rassurant, de la mère, et le regard-envol, tourné vers l'extérieur, du père. Ainsi peut-il construire sa confiance en lui et s'ouvrir vers l'avenir ; voilà qui coule de source.

Eh bien non, justement ! Pas de source du tout, du moins pas chez nous.

Chez nous, Babylas n'a droit qu'à des regards-nids. Assise sur ses talons, Césarine est toute occupée à écouter sa rumeur intérieure et faire entendre la leur aux autres. Passons charitablement Félix sous silence. Quant aux grands-parents, aucun recours possible de leur côté : Ingrid refuse de s'attacher, Wilfried ne regarde que ses cartes, mon élan à moi s'arrête au haut de mon perchoir et Albin, le seul à pouvoir éventuellement offrir à Babylas son regard-envol, sera à la retraite dans un mois : direct d'Hespérus à sa bergère à oreilles.

Entre tous ces regards-nids, comment Babylas pourra-t-il un jour ouvrir ses ailes ?

– Arrête donc de te compliquer la vie, proteste mon assureur. Ne vois-tu pas que les choses s'accélèrent ?

Cette fois, Félix a compris que nous n'en voulions plus ici, et comme Édith ne veut pas de Césarine, les voilà condamnés à trouver un toit pour réunir leur petite famille.

Fort bien! Mais est-ce sous ce nouveau toit que Babylas trouvera le regard-envol dont il a besoin?

Seule idée réconfortante, le Gémeaux n'en fait qu'à sa tête et la sienne est bien faite.

À ce propos, une fois n'est pas coutume, j'ai eu une excellente surprise l'autre jour. Interrogeant à nouveau S.O.S. HOROSCOPE, je me suis aperçue que je m'étais totalement plantée lors de ma première prospection. Fragile de caractère, le Gémeaux? En tout cas pas celui du dernier décan (le nôtre), qui serait plutôt entêté comme une mule dans ses choix. Velléitaire? Disons plus justement «passionné de tout», du bois dont on fait les scientifiques, les inventeurs. Il n'est qu'à voir Babylas hurler de joie lorsque le Tout en Un se déclenche. Paresseux? Allons donc! L'oisiveté fait horreur aux natifs de ce signe, qui mènent volontiers plusieurs activités à la fois (Napoléon). Bref, le Gémeaux troisième décan peut viser les postes les plus hauts et si le nôtre nous pose un jour un problème, ce sera celui de le suivre et l'aider à donner son meilleur dans une société qui craint ses surdoués et nivelle par le bas.

Quant aux choses qui s'accélèrent, du côté d'Édith, pas de doute!

Lorsque j'ai vu réapparaître, en combinaison rouge de déménageurs, Pierrot et Doudou, au volant d'une camionnette de location, j'ai piqué des deux chez ma sœur.

– Tu déménages?

– Je profite juste des amis de tes enfants pour rapatrier quelques bricoles de Wilfried. Tu avoueras que c'était un peu bête de payer le garde-meuble.

Emboîtant le pas aux déménageurs, j'ai découvert que les «bricoles»: un lit Empire (jumeau de celui d'Ingrid où j'avais passé naguère un si bon moment), une commode et un secrétaire de même style, trouvaient refuge dans la chambre du caveau réservée à Lionel. Des frais de peinture y avaient été engagés.

– C'est ton filleul qui va avoir une bonne surprise la prochaine fois qu'il montera à Paris! me suis-je réjouie. D'autant qu'il adore le style Empire. Tu es vraiment gentille de l'avoir ainsi gâté.

La soudaine rougeur d'Édith m'a éclairée sur la véritable finalité du déménagement: on commence par le mobilier, le propriétaire suit! Et garder Wilfried à l'hôtel devait coûter autrement plus cher que laisser les bricoles au garde-meuble. Seule question: combien de temps faudrait-il à ma sœur pour priver le pauvre Lionel de sa chambre Empire?

– Que pense Jean-Eudes de tous ces changements dans votre vie? ai-je demandé.

Apparemment, la question n'avait pas effleuré Édith.

– Je ne vois pas en quoi ça le gênerait. Il a installé une petite télévision dans sa chambre, comme Albin d'ailleurs... Ça et son fax, il est comblé.

Je n'ai pas du tout apprécié la comparaison. Primo, JAMAIS UN FAX NE PÉNÉTRERA CHEZ MOI! Ensuite, je fais chambre commune avec mon mari et nous n'avons nul besoin d'une petite télévision pour nous combler mutuellement.

– Ne parle-t-on pas, au bridge, de l'«arrivée de l'Empereur», ou quelque chose du même genre? ai-je demandé perfidement.

– Pas l'«arrivée», le «coup de l'Empereur», a rectifié Édith et, cette fois, elle a rougi jusqu'aux oreilles.

Les oreilles des bébés, Césarine nous l'a appris, sont les portes magiques grâce auxquelles ils apprennent la vie, aussi développons-nous, Albin et moi, par mille ruses, l'activité auditive de Babylas. Tout nous est bon: chansons, bruits de vaisselle, tic-tac d'une horloge ancienne. Je suis sûre qu'il reconnaît mon pas car il sourit dès qu'il me voit.

Mon acuité auditive s'est également développée depuis son arrivée à la maison. C'est ainsi que passant près de la porte de Césarine, je perçois ce soir-là, un son inhabituel, une brève sonnerie qui me rappelle quelque chose. Ce n'est pas celle du Tout en

Un, ce ne peut être, à cette heure, celle d'un réveil. Où donc ai-je entendu ce son ténu mais insistant, accompagné d'un froissement de papier ?

Et soudain le souvenir me revient : à Saint-Rémi. Chez maman ! J'entre en trombe dans la chambre.

– J'AVAIS DIT PAS DE FAX ICI !

Occupée à régler le transit intestinal de Babylas à l'aide d'un massage harmonique, à peine si Césarine relève le nez.

– Pas la peine de crier comme ça, m'man ! J'ai entendu. C'est un cadeau de golden mamie. Ça lui permettra de nous tenir au courant quotidiennement pour le portefeuille de Babylas ; et puisque Félix n'a plus le droit de venir ici, fallait bien qu'on trouve un moyen de communication.

– Il y a le téléphone pour communiquer !

– Eh bien non, justement pas ! Tante Édith refuse de l'installer dans la mansarde tant qu'on n'a pas divorcé. Encore une qui galère pour le fisc ! Et comme on n'a pas le droit d'appeler chez elle pendant les heures de club, et que le club marche en non-stop, je te dis pas le tableau ! Heureusement, y'a le fax de Jean-Eudes. Jean-Eudes apprécie beaucoup Félix depuis qu'ils ont travaillé ensemble. Il lui permet même de correspondre avec son père.

– Wilfried ? Mais il n'a pas besoin de fax pour ça ; il n'a qu'un étage à descendre pour le voir au Club.

Césarine rit de bon cœur.

– Qui t'a parlé de Wilfried ? Il s'agit de Georges, le père import-export. Il envoie des p'tits bonjours du Japon, d'Australie, de Chicago, c'est extra ! Félix répond en lui racontant la famille. Il paraît que Georges meurt d'envie de nous connaître, tu vois que c'est pas si nul, le fax, puisque ça leur a permis de rétablir le contact.

Justement, voilà l'instrument de contact qui crépite. Je le regarde, pleine d'une fascination morbide.

– Ça doit être Félix qui me répond, je viens de l'appeler, tu peux me lire ce qu'il dit, m'man ? Je suis occupée avec Baby.

Je n'ai pas du tout envie d'accepter. Si j'accepte, ce sera comme si je m'inclinais. Je finis toujours par m'incliner devant ceux que j'aime. C'est agaçant. Il est vrai que, dans le cas présent, c'est maman, pas Césarine, qui m'a forcé la main. Vraiment, elle exagère, la golden, elle arrive toujours à ses fins, moi, jamais. C'est sans doute que je vise trop haut, des fins qui sont des sommets : une famille normale, par exemple.

De mauvaise grâce, je me penche sur le papier et commence à lire.

– Il te dit qu'il t'aime, tu lui manques, big bisous à Babylas.

Je saute quelques lignes de même acabit ; si c'est ce genre de messages qui circulent entre la France et l'Australie, ça fait cher les p'tits bonjours ! À ne pas dire à Édith. Heureux que Félix n'habite plus ici. Notez que je pourrais toujours envoyer la note à maman, ah ! ah ! Poursuivons la lecture.

– Il t'attend ce soir après la tétée. Il a une bonne surprise pour toi.

Le message s'achève avec le dessin d'un cœur. L'instrument maudit se remet au garde-à-vous près du Tout en Un, qui apparaît soudain comme un sous-fifre.

– Tu vois, m'man, conclut Césarine en me transmettant le résultat d'un transit intestinal réussi, pour que je le dépose religieusement dans la poubelle. Sans fax, j'aurais pas pu te demander si t'acceptais de garder Babylas ce soir. Je rentrerai pas tard, promis.

CHAPITRE 34

À quatre heures du matin, Babylas a frappé à nos portes magiques (les oreilles), nous apprenant par ses cris indignés que sa mère n'était pas rentrée. Albin s'est précipité, et, pour ne pas le laisser sombrer dans un sentiment d'abandon, il l'a porté dans notre lit où je lui ai donné un biberon. Sitôt celui-ci dégusté, petit Gémeaux s'est accordé une période de veille.

Laisser un bébé dans le noir alors qu'il manifeste l'envie de découvrir le monde, c'est prendre le risque de développer chez lui une conception pessimiste de l'existence : nous nous sommes donc employés à le distraire chacun à notre tour. Lorsque Césarine est rentrée, à six heures trente, il venait de se rendormir.

Elle était fraîche, rose et d'excellente humeur. Pas moi ! Aussi n'ai-je pas hésité à mettre les pieds dans le plat.

– D'où viens-tu ?

Son regard éloquent vers le toit d'Édith m'a répondu.

– Tu sais pourtant que tu n'as pas le droit.

– On voulait juste se faire un petit câlin, et puis on s'est endormis…

Pratique, le lit gigogne.

– Et si ta tante l'apprend ?

– Elle, elle loge bien Wilfried ! a constaté Césarine.

– ÇA Y EST ?

– Pierrot et Doudou se sont chargés du déménagement. Ça fait drôle à Félix d'habiter à nouveau sous le même toit que son père.

J'ai couru annoncer la nouvelle à Albin qui somnolait sous sa douche. Lui, n'a pas réagi. Curieux comme les hommes manquent d'imagination. Serait-ce une question de cerveau ?

Le cerveau d'un bébé prend deux grammes par jour, tandis que son corps s'allonge d'un millimètre. À mon avis, notre petit-fils a mis l'accélérateur : le pédiatre – qui pourtant en voit d'autres – est paraît-il subjugué. Un simple exemple : lorsque Césarine a cessé d'allaiter, cela n'a pas fait un pli ! N'aimant que la nouveauté, Babylas s'est mis avec ardeur aux yaourts aux fruits (pomme-banane), qu'il déguste à la cuillère comme un grand. Écoutez-le derrière ses sourires : « Moi, le sein ? Non merci, l'âge est passé. »

Puisque nous sommes au chapitre alimentaire, il a eu droit aujourd'hui à son premier œuf, protéine de référence, et nous avons commencé les légumes. La « bonne surprise », annoncée par Félix, est arrivée sur les épaules de Pierrot : un petit congélateur rien qu'à l'intention du bébé, Césarine ayant opté pour le tout-surgelé qui garde à son top le capital vitaminique de l'aliment.

Albin regrette les bonnes vieilles soupes aux légumes d'antan. Curieux comme certains n'arrivent pas à se mettre au progrès.

Pour les cinq mois de son arrière-petit-fils, golden mamie est venue en personne lui apporter son portefeuille d'actions. Sans le vouloir, elle m'a fait beaucoup de peine.

– Il a tout à fait les yeux d'Ingrid, a-t-elle remarqué.

Du coup, alors que j'avais décidé de passer l'éponge, je lui ai reproché d'avoir introduit en traître le fax à la maison ; elle n'a rien trouvé de mieux que de me prédire qu'un jour je m'en servirai.

JAMAIS !

J'étais heureuse de la voir arriver, encore plus lorsqu'elle s'en est allée. Une heure plus tard, elle me manquait. Suis-je normale ?

« Viens immédiatement ! » ordonne Édith au téléphone.

Neuf heures du matin, voix menaçante, j'ai compris ! Voilà plus d'une semaine que Césarine s'endort aux côtés de Félix après le p'tit câlin.

Je traverse Saint-Éloi en traînant les sabots : depuis l'enfance, Édith s'est toujours débrouillée pour régler ses comptes sur son terrain, prenant ainsi l'avantage. C'est dégoûtant.

Celle qui m'accueille porte, ô surprise, frous-frous et dentelles. Elle est maquillée, parfumée, pleine de sensualité alanguie. Je m'extasie.

– Mais c'est ravissant, ce déshabillé ! Il faudra que tu m'indiques l'adresse où tu l'as acheté, je suis sûre qu'il emballerait Albin. Comme tu as raison : il ne faut jamais renoncer à séduire son mari ! À quand le porte-jarretelles ?

Édith cherche l'air quelques secondes puis passe à l'attaque.

– Je suppose que tu sais qui couche ici chaque nuit ?

– Wilfried, dis-je sans hésiter.

Là, ça lui coupe tout à fait le souffle. Je m'efforce de la mettre à son aise.

– Ne crois pas que je te reproche de l'héberger. Prendre ses meubles et le laisser à l'hôtel aurait été impensable ! Et, comme Césarine me le faisait encore remarquer en rentrant ce matin, il est doux de partager le même toit lorsqu'on partage de mêmes centres d'intérêt... Est-ce que tu demandes un loyer à Wilf ? Cela doit être difficile de faire raquer le fils et loger gratos le père.

Si Babylas a subjugué le pédiatre, je crois bien que je suis en train de subjuguer ma sœur. Alors qu'elle cherche une réponse à la hauteur, une porte s'ouvre du côté de la chambre Empire (ex-chambre du pauvre Lionel). Édith me pousse vers la sortie. Déjà ? Pourtant, j'aurais bien aimé voir Wilf en robe de chambre ; parions pour une grenat avec ses initiales en lettres dorées.

J'ai juste le temps de demander :

– Prend-il son *breakfast* à la cuisine ou le lui portes-tu au lit ?

Je me retrouve sur le palier.

La vengeance est un plat qui se déguste froid. Nous en avons eu l'illustration le soir même avec le fax d'Édith.

Il est tombé vers dix-neuf heures : un ultimatum bien à sa manière, tout dégoulinant de sirop d'hypo-crisie, on en avait l'esprit poisseux.

«Certes, celui qui avait rénové la mansarde avait droit de l'occuper. Édith était même disposée à la lui offrir gratuitement (tiens, tiens !) mais si Césarine y remettait les pieds, la chambre serait immédiatement louée à quelqu'un d'autre.»

Ma fille a lu le message avec un gros soupir.

– Elle aurait mieux fait de lâcher le paquet quand tu es allée la voir ce matin, au lieu de ne te parler que de Wilf. Un fax, c'est vraiment lâche !

– Je ne te le fais pas dire ! Lâche, froid, déshumani-sant : une guillotine à sentiments… Que vas-tu faire ?

– Je ne vois qu'une solution : chercher un autre toit.

Avais-je bien entendu ? «Chercher un autre toit ?» Qui ne soit ni le nôtre ni celui d'Édith ? Je n'ai pas osé relever, de peur d'être détrompée, mais, une fois de plus, mon devin avait vu juste : les choses s'accé-léraient.

Et même si vite qu'elles nous ont dépassés.

Mais observons la chronologie.

CHAPITRE 35

D'abord l'arrivée d'un four à micro-ondes, complément obligé du congélateur lorsque le bébé est nourri de briques de légumes, tablettes de jus de fruits, steaks pauvres en graisses et colin d'Alaska (si plus de trois arêtes au kilo, renvoyer sans hésiter au fabricant).

Ce nouveau venu à la cuisine réduit sérieusement notre espace et le grand maître ès nectar du matin se voit obligé de pratiquer son art dans le placard à balais, ce qui est nettement moins gratifiant pour lui. Césarine a suggéré que nous utilisions du café en poudre : facile à dire pour les allumés du thé et du chocolat.

En attendant, ils auront un joli déménagement à faire lorsque leur toit sera trouvé.

Devrions-nous les aider dans leurs démarches ? « Certainement pas ! a décrété Albin. Ce toit aura d'autant plus de prix à leurs yeux qu'ils l'auront découvert eux-mêmes. » En revanche, nous nous ferons un plaisir de les aider à déménager.

La colère donne des ailes, au moins autant sinon plus que l'amour ! Édith a traversé Saint-Éloi à la vitesse d'un scud, pour exploser dans le calme de notre petit déjeuner.

– Savez-vous qui a dormi chez moi cette nuit ?

– Wilfried ! ai-je répondu hypocritement, Césarine ayant mystérieusement disparu (nous laissant Babylas).

Ma sœur m'a terrassée du regard.

– Pierrot et Doudou !

Là, il faut avouer qu'elle nous a bluffés.

– PIERROT ET DOUDOU ?

– Ils se sont installés dans la mansarde ! Et savez-vous ce qu'ils ont eu le culot de faire ? Ils sont venus me demander si ce serait également gratuit pour eux, puisqu'ils étaient les auteurs de la rénovation.

Albin s'est souvenu d'un coup de fil urgent à passer à l'un de ses collaborateurs ; j'ai offert un verre d'eau fraîche à Édith en train de s'étouffer.

– En envoyant ce fax, tu as creusé ta propre tombe, lui ai-je fait remarquer. C'est en effet Pierrot et Doudou qui ont rénové. Félix n'a été que le maître d'œuvre. Les enfants t'ont prise au mot. Qu'en pense notre homme de lettres ?

Je ne suis pas certaine qu'elle ait décelé la finesse de l'allusion.

– Wilf n'est pas encore au courant. Il va être très déçu ; ça lui faisait chaud de savoir son fils chez nous.

« Chez nous »… chez Édith et l'Empereur ? Ou chez Édith et le valet de pique (pardon, Jean-Eudes). À creuser.

– Ma pauvre, te voilà mal partie, ai-je compati. Albin assure qu'il faut au minimum trois ans pour se défaire de locataires indésirables…

Soudain, un élan me poussait vers ma sœur, moi aussi cela me faisait chaud. Pour la première fois, je pouvais la plaindre. Sentiment mêlé de culpabilité, car n'étions-nous pas, Albin et moi, les artisans de son malheur ? Si nous n'avions accepté le coucou ici, elle ne se retrouverait pas, ce matin, avec tout ce monde sur les bras !

Babylas a poussé son cri de rossignol, je me suis précipitée. Il m'a tout de suite reconnue ; il m'aurait dit : « Bonjour, comment vas-tu ? », je n'aurais pas été étonnée. D'ailleurs, il me l'a dit avec ses yeux. Mon cœur s'est serré : ses parents avaient trouvé un toit, il nous serait bientôt enlevé.

Je l'ai porté à Édith, j'avais envie qu'elle l'admire, j'ai envie que tout le monde l'admire.

— C'est curieux, a-t-elle remarqué, tu me diras qu'il n'y a pas de raison, mais il a exactement le regard de Wilfried.

Césarine n'est rentrée qu'à neuf heures trente, peu avant sa première session. Je me suis ruée sur elle.

— Ne me dis pas que vous avez dormi CHEZ VOUS, ma chérie ? Quelle bonne nouvelle !

— Je te le dis pas, a-t-elle répondu d'une voix morne. On a dormi chez Pierrot et Doudou. On a fait un troc.

Comment n'y avais-je pas pensé plus tôt ? Bien sûr, un troc ! Une inquiétude a altéré ma joie : ne m'avait-elle pas dit un jour que ses amis dormaient « où ils pouvaient » ?

— Et ce n'est pas... trop mal ?

— C'est très grand, a-t-elle répondu sobrement.

— Mais alors ça doit coûter très cher !

— C'est pour rien. Si ça t'ennuie pas, je vais prendre une douche avant l'arrivée de mes élèves.

— Il n'y a pas de douche chez Pierrot et Doudou ?

— Bien sûr que si ; mais difficile d'accès...

Césarine répugnait à faire le plan de son nouveau logement, cela crevait les yeux. De toute façon, j'avais compris. Venant des copains de troc, il ne pouvait s'agir que d'un endroit à rénover. Vous récupérez une usine désaffectée, un commerce en faillite, et vous y créez votre espace. L'espace ne devait pas encore l'être. Quant à en avoir l'adresse, si cela se passait comme pour la clinique Saint-Éloi, l'optimisme n'était pas de mise.

Avant d'accueillir ses élèves, Césarine m'a rejointe dans la chambre de Babylas. Elle l'a serré de toutes ses forces dans ses bras ; on l'aurait dit sur le point de le perdre.

— Il a bien dormi ?

— Très bien. Jusqu'à quatre heures du matin. Pensez-vous pouvoir bientôt le prendre chez vous ?

– Les bébés ne sont pas acceptés, m'a appris tristement Césarine.

– COMMENT? Mais nul n'a le droit de refuser un bébé!

Elle m'a regardée comme si j'ignorais tout de la vie moderne.

– Eh bien si, figure-toi. Y'a des tas d'endroits aujourd'hui où les bébés sont refusés.

– Mais alors il fallait chercher autre chose de moins grand : un studio par exemple.

– Et avec quoi on l'aurait payé, le studio?

J'ai pensé au trésor caché du bébé couple. On pouvait y ajouter le salaire du figurant et les indemnités de licenciement.

– Vous devez bien avoir économisé un peu depuis deux ans!

Césarine a éclaté de rire

– Économiser? Avec les charges qu'on a?

– Mais nous payons tout.

– On le sait, maman, et on te remercie beaucoup. Mais nous, on paie tout pour Pierrot et Doudou; on tient pas à ce qu'ils retournent dans le ruisseau. La solidarité, t'en fais quoi?

Je n'ai rien trouvé à répondre. Il y avait bien un trésor, mais pas celui que nous avions calculé comme deux horribles grippe-sous que nous étions, Albin et moi. Césarine appelait ça la solidarité. En d'autres temps, on aurait dit la générosité. Je me suis écrasée.

CHAPITRE 36

Pas Albin! Lui, ça l'a enragé.

– Facile d'être généreux avec l'argent des autres! S'ils avaient économisé, aujourd'hui ils auraient un toit correct, pas un toit où les bébés sont refusés.

Car le problème est là: Babylas nous tue! Si le cœur y est, ô combien, le physique ne suit pas et, de quatre à six, c'est, chaque matin, *Apocalypse Now*. Lorsque, épuisé d'avoir si bien ri et joué, il tombe d'un coup, le réveil s'apprête à sonner pour nous. Je n'ose penser aux contre-performances d'Albin à Hespérus vu l'état dans lequel il s'y traîne. En ce qui me concerne, c'est moins grave car, depuis septembre, je refuse tout nouveau client et – pour trop grande franchise – me fâche peu à peu avec les anciens. Tant mieux puisque j'ai décidé de prendre ma retraite en même temps qu'Albin.

Dans trois semaines.

Si au moins nos nuits écourtées profitaient à Césarine! Apparemment pas. Notre yogi nous revient chaque matin sur le flanc et la douche ne doit toujours pas fonctionner là-bas, son premier mouvement étant de se précipiter sous la nôtre.

Là-bas... J'aimerais bien y jeter un coup d'œil, moi! Mais on refuse de me donner l'adresse, même le téléphone au cas où. «Au cas où», Césarine nous fait pleinement confiance, merci! Et, quand elle s'y met, c'est la plus butée des yogis.

Comme tout futur retraité, Albin passe son temps à

faire ses comptes. Ainsi a-t-il calculé que lorsque nous en aurions terminé avec les traites du duplex, une petite somme pourrait être dégagée pour aider notre fille à louer un modeste deux pièces (avec douche), acceptant les bébés. Albin attend l'occasion favorable pour lui en parler. Elle pourra y emporter son Tout en Un, son fax, et le coucou si ça lui chante.

Babylas poursuit allégrement sa découverte de nouvelles purées : céleris, choux-fleurs, navets, mêlés de pommes de terre pour adoucir. C'est moi qui m'occupe de lui le matin.

L'après-midi, Victor Hugo étant réduit en bloc de glace dans son square, Félix poursuit son stage à l'aide à domicile en gardant le bébé chez Édith. Avec les nouveaux occupants de la mansarde, cela fait du monde au mètre carré ; au moins ils ne risquent pas d'avoir froid.

Afin de stimuler l'acuité visuelle de son petit-fils, le grand-père a confectionné au bureau un mobile qui a, paraît-il, déchaîné l'admiration de ses clients : pastilles d'aluminium, bouchons de liège, boutons de couleurs variées. J'ai compris pourquoi je ne m'y retrouvais plus dans mes tiroirs. Le plafond de l'ex-chambre du pauvre Lionel a failli s'écrouler lorsque le bricoleur a suspendu son œuvre. Babylas a agité les mains pour dire merci ; Albin est tombé de l'esca-beau, il en a été quitte pour un tour de reins.

Noël approche. Où le passerons-nous ? À Toulon ? Pas question. Alors, chez maman ? Où que ce soit, nous nous réjouissons ; il y aura dans la cheminée deux exquis chaussons bleus à remplir.

– J'ai à te parler, p'pa !

Tiens, une nouveauté ! Ce n'est pas à moi que s'est adressée Césarine ce soir-là mais à Albin. Aurais-je perdu ma place d'interlocutrice privilégiée ? Oublions notre *ego* pour nous en réjouir.

L'élu émerge de sa bergère à oreilles où, depuis son retour d'Hespérus, il lutte contre le sommeil face au petit écran. On ne peut être à la fois du soir et du matin.

– Je t'écoute, ma chérie.

– Ben voilà, avec Félix on se demande si on n'a pas fait un mauvais calcul !

Le regard d'Albin, à présent tout à fait réveillé, vole vers le mien. J'y lis un triomphal : « ÇA S'ACCÉLÈRE. » Notre bébé couple serait-il enfin en train de comprendre que ses calculs ont été désastreux sur toute la ligne depuis le début ?

– Explique-moi ça, ma chérie, s'avance-t-il prudemment, tandis que je me fais toute petite au cas où ma présence briderait l'élan de sincérité de Césarine.

– Finalement, explique celle-ci, l'allocation « parent isolé », c'est trop cher payé puisqu'on peut plus se voir que la nuit, et encore. (Et encore ? ? ?) Alors on s'est dit qu'il valait mieux y renoncer. On se raccommode, Félix demande le R.M.I. et on recommence comme avant.

– PAS QUESTION !

En écho au cri du cœur d'Albin, un miaulement étonné a retenti dans notre chambre où se trouve Babylas.

– Pas question quoi ? s'enquiert Césarine interdite.

– PAS QUESTION DE RECOMMENCER COMME AVANT !

– Mais puisqu'on se sépare plus, qu'on renonce à l'allocation, qu'y aura plus de risque avec le fisc.

– Le fisc, on s'en balance, se contredit Albin. Il s'agit de votre avenir. Vous n'allez tout de même pas pirater le toit des autres jusqu'à une retraite que Félix n'aura jamais puisqu'il ne fout rien ?

Cette fois, Césarine en perd le souffle, un comble pour une yogi. On peut voir l'image du père se désagréger dans ses yeux. Voilà ce que c'est que de réserver exclusivement à son épouse, durant plus de deux *anni horribiles*, ce qu'on a sur le cœur. Le jour où ça déborde, tout est emporté (voir la cour d'Angleterre).

Sans se rendre compte des ravages qu'il produit, le torrent en crue poursuit son chemin.

– Et puisque nous en parlons, de la retraite, figure-toi que j'ai l'intention de prendre la mienne en paix,

dans une maison calme, où ne défileront pas quarante
yogis par jour et où la nuit sera consacrée au sommeil. Ta mère est d'accord, tu peux le lui demander !

Le crochet à l'estomac ! Moi, d'accord ? Il faudrait
déjà savoir de quoi nous parlons ; jamais le sujet des
quarante yogis n'avait encore été évoqué entre nous.
Bien sûr, depuis l'arrivée de Babylas, notre chambre
sert de vestiaire et Albin n'a pas aimé du tout retrouver un bas résille sous son oreiller, mais est-ce une
raison pour remettre l'ashram en cause ?

Césarine, les yeux inondés, attend ma réponse. Je
suis coincée. Comment contredire Albin ? Grâce à son
courage, la situation est enfin nette : Césarine a compris que NOUS N'EN POUVIONS PLUS, c'est dit,
c'est clair. Mon regard interroge celui d'Albin : le
moment est venu de parler de l'apport financier
concernant le modeste deux pièces avec douche.

Césarine ne nous en laisse pas le temps. Son regard
désolé nous enveloppe d'un même opprobre, son cri
monte du plus profond d'elle-même.

– Fallait le dire tout de suite que vous aimiez pas
Babylas !

CHAPITRE 37

Elle est partie, emmenant le petit avec elle, et un silence de mort s'est abattu sur la maison.

– Une bonne chose de faite! Au moins, nous dormirons tranquilles cette nuit, s'est réjoui Albin d'une voix brisée.

Il a rallumé la télévision; on y annonçait «Perdu de vue», ça tombait bien. Je suis allée pleurer dans ma chambre.

Nous avons fait semblant de dîner dans une cuisine où tout criait: «Babylas.» Césarine n'avait emporté que deux biberons et une boîte de lait en poudre. La vitamine D antirachitisme, laissée en vue sur le buffet, alimentait notre remords.

– C'est mauvais, ça, s'il n'a pas ses gouttes? a demandé Albin.

– Pour quelques journées, il n'en mourra pas, ai-je répondu maladroitement.

La nuit a été infernale. Où dormait Babylas? Dans le loft interdit aux enfants? Lui qui débutait un rhume, aurait-il assez chaud là-bas? Il était peu probable qu'un appartement sans douche bénéficie d'une chaudière en état. À l'heure d'éveil, nous étions tous deux assis sur notre lit, nos «portes magiques» déployées sur le vide.

La matinée n'a pas été meilleure. Albin appelait toutes les demi-heures de son bureau pour savoir si j'avais des nouvelles; toutes les demi-heures, je galopais, espérant entendre la voix de Césarine.

À l'heure du déjeuner, n'y tenant plus, j'ai téléphoné à Édith qui m'a très mal reçue. Non, elle n'avait vu passer ni Félix ni ma fille. En revanche, Doudou avait eu le culot de sonner ce matin chez elle pour demander à se servir de sa baignoire. Ma sœur en hoquetait encore.

La pancarte, sur la porte, indiquant que les cours étaient annulés, n'a pas empêché les élèves de carillonner toute la journée pour se lamenter. Privés de leur Maître, on aurait dit que les yogis devenaient derviches tourneurs. Bien entendu, tous demandaient des nouvelles de Babylas, remuant le fer dans la plaie.

Je n'ai pas eu le courage de recevoir mon unique rendez-vous de l'après-midi. Comment orienter les gens lorsqu'on tangue sur un bateau ivre?

Albin est rentré plus tôt d'Hespérus. De l'entrée, il a lancé un anxieux: «Toujours personne?» Personne! J'en ai conclu que je ne représentais pas grand-chose à ses yeux.

Il a tenté de me rassurer: si le rhume de Babylas se portait sur les bronches, ce qui était à prévoir, Césarine nous appellerait pour avoir une adresse d'hôpital. Elle serait bien obligée de repasser par la maison si elle ne voulait pas demander, elle aussi, le R.M.I. et, lorsqu'elle reviendrait, dans un état probablement catastrophique, elle serait mûre pour apprécier notre offre de l'aider à louer quelque chose.

Rien de mieux qu'un assureur pour vous remonter le moral!

Il est vingt-deux heures. Sur mon conseil, Albin vient d'avaler une double dose de somnifère et je m'apprête à l'imiter lorsque retentit, dans la chambre du bébé couple, la sonnerie brève mais significative d'un fax qui se met en marche. Je fonce.

Le message vient de Tōkyō. Il est adressé à Félix Legendre. Celui-ci peut-il se rendre libre demain soir pour souper avec son père, en escale à Paris? «Présence d'Ingrid, de Wilfried, et de toute la famille souhaitée.» «Toute la famille» est souligné. «Rendez-vous au Crillon à vingt heures. Prière confirmer.»

C'est signé «Georges»: le père import-export, le géniteur.

– Crois-tu que nous soyons inclus dans «toute la famille»? se renseigne Albin derrière mon épaule.

– Manquerait plus qu'on ne le soit pas!

Soudain, l'oxygène me revient. Je lui raconte comment, grâce à l'instrument fabuleux que nous avons sous les yeux, Félix a renoué avec son père, qui rêve de nous connaître. Ce message tombé du ciel japonais va nous permettre de renouer avec notre fille, n'est-ce pas inouï? En attendant, nous devons confirmer.

– Il faut avertir tout de suite Félix.

– Mais nous ne savons pas où ils logent? gémit Albin.

– Ne t'en fais pas pour ça.

Un coup d'œil de l'autre côté de Saint-Éloi m'indique que club et mansarde sont éclairés. Il n'y a que nous pour être déjà en tenue de nuit, j'ai honte: deux vieux! La double dose de somnifère commence à terrasser Albin, qui chancelle en se rhabillant. Une chance que j'aie tardé à prendre le mien.

Dans l'état où est mon pauvre mari, je ne vais pas lui imposer les huit étages à pied vers la mansarde. Dans l'état où je suis, je me sens toutes les audaces: nous passerons par chez Édith. C'est Jean-Eudes qui nous ouvre. J'en profite pour lui dire de garder, à tout hasard, sa soirée de demain. Ne fait-il pas partie, au même titre que Wilf, de «toute la famille»?

Il nous conduit à pas de loup jusqu'à la porte de service; très gentil finalement, Jean-Eudes, très compréhensif. Je le plains vraiment d'être tombé sur ma sœur, il méritait mieux.

Alors que nous longeons un couloir sordide, soudain nos cœurs s'arrêtent: là-bas, derrière la porte numéro six, n'avons-nous pas entendu un gazouillis? Albin en oublie de bâiller, il fonce, frappe à coups redoublés, la porte s'ouvre d'elle-même.

Babylas trône dans le lit gigogne, entre Pierrot, vêtu d'un vieux pyjama d'Albin, et Doudou, dans l'un de mes tee-shirts neufs. Quelques meubles ou objets mystérieusement disparus de chez nous : une lampe de chevet, une chaise en paille, ma bouilloire électrique que j'ai cherchée partout, me sautent aux yeux. Le nez de Babylas coule ; il fait mille fois trop chaud ici pour un enfant enrhumé.

Voulant récupérer son trésor, Albin est tombé sur le lit, écrasant à moitié les occupants qui nous regardent d'un air hébété. Il faut dire que depuis le mariage de Césarine – où ils étaient trop occupés à piller le buffet pour que nous fassions connaissance –, nous ne nous sommes jamais vus que de loin.

J'ordonne :

– Le numéro de téléphone de Félix et pas de discussion !

Il n'y en a pas.

– C'est défendu d'appeler là-bas, mais je peux vous donner l'adresse, propose Pierrot. Seulement, à cette heure-là, ça m'étonnerait qu'on vous laisse entrer.

Pas de téléphone, pas de douche, pas de bébé, porte bouclée... Qu'ont-ils troqué à nos pauvres enfants : une prison ?

Je note l'adresse. Ils n'insistent pas pour garder Babylas. En repassant par l'appartement d'Édith, je ne peux m'empêcher d'embrasser Jean-Eudes ; il m'en semble tout remué : cet homme manque de tendresse. Une fois sur Saint-Éloi, je propose à Albin, qui ne tient encore sur ses jambes que parce qu'il porte son bien le plus précieux, de remonter Babylas à la maison. Ai-je besoin de lui pour aller avertir Félix qu'il est invité au Crillon ? Albin ne se fait pas prier, me jette les clés de la voiture et s'enfuit comme Al Capone emportant son butin.

Le nouveau toit du bébé couple était à l'autre bout de la ville : un grand bâtiment qui ressemblait à une usine désaffectée. Au-dessus du porche d'entrée, étaient inscrits ces mots : CENTRE D'HÉBERGEMENT PROVISOIRE.

Un matamore a voulu m'empêcher d'entrer : « c'était complet, plus aucune place, revenez demain à sept heures du soir et vous aurez une petite chance »...

Foin de démagogie, je lui ai expliqué qu'un prince de l'import-export conviait à dîner le lendemain, place de la Concorde, mes enfants ici recueillis; Tōkyō attendait leur réponse.

J'ai toujours su attiser la curiosité des hommes : le plan vigie-pirate a été levé ainsi que le couvre-feu, imposé à partir de vingt-deux heures.

Il y avait bien une centaine de pensionnaires sous ce toit immense dont m'avait parlé Césarine, un jour où je n'avais pas voulu, à mon habitude, entendre la vérité, n'ignorant pourtant pas que celle-ci finit toujours par vous prendre au collet.

Dans l'atmosphère confinée, on avait l'impression de voir danser les virus et j'ai compris pourquoi ma fille se précipitait sous la douche sitôt rentrée à la maison. Escortée de quelques personnes complaisantes, j'ai cherché les miens. Les découvrant dans deux lits voisins, se tenant la main par-dessus la ruelle, j'ai enfin admis – triomphe, Legrêle – qu'ils s'aimaient à la vie à la mort.

Mon arrivée à cette heure tardive avait créé un mouvement de curiosité parmi les sans domicile fixe et j'étais très entourée en parvenant près des enfants. À ma vue, Félix a eu son sourire de bienvenue habituel, j'ai lu la méfiance dans le regard de Césarine.

– Nous avons reçu un fax de Georges, ai-je annoncé. Nous sommes tous invités demain soir à dîner au Crillon. Dois-je accepter ?

– Papa est là ? s'est écrié Félix.

Jamais encore je ne l'avais entendu prononcer ce mot car il appelait son père éducateur : Wilfried, et son père modèle : Albin. Il avait soudain un regard d'enfant à Noël, les yeux m'ont brûlé. Décidément, c'était le soir des révélations, j'ai compris que je ne souhaiterais plus jamais qu'il tombe d'un pont dans l'eau glacée : nul ne peut remplacer son vrai père pour l'enfant.

– Actuellement, Georges est encore à Tōkyō, mais si tu acceptes de le rencontrer, il fera escale à Paris pour te voir.

Le «tu» était venu naturellement: deux fois! Comme c'est simple, finalement, la tendresse, quelle aventure! Une bonne cinquantaine de regards étaient maintenant tournés vers Félix, attendant sa réponse: dînerait-il ou non demain au Crillon?

Comme on pouvait s'y attendre, c'est Césarine qui a pris la parole.

– Tu peux lui dire que c'est O.K.

Avant de retomber sur le sac qui lui servait d'oreiller et se tourner de l'autre côté.

Lorsque je suis rentrée à la maison, Babylas et son grand-père dormaient, enlacés, dans le lit conjugal. J'ai rédigé le texte de réponse: «C'est d'accord, nous serons tous au Crillon à vingt heures», et j'ai envoyé le fax au grand hôtel de Tōkyō d'une main qui ne tremblait pas.

Pendant que j'y étais, j'ai expédié le même à Jean-Eudes, Ingrid et maman. Le malheureux Lionel ne possédant pas l'instrument magique, je n'ai pu l'avertir. Sans regrets! Faire la dépense Toulon-Paris pour rencontrer quelqu'un qui n'hésitait pas à s'arrêter entre Tōkyō et Chicago afin de nous traiter au Crillon, ne manquerait pas de lui donner des aigreurs d'estomac. Sans compter que sa chambre, chez Édith, était prise par l'«Empereur».

Les réponses sont arrivées très vite, toutes positives. J'ai pu, avant de me coucher, faxer le nombre de convives au célèbre restaurant. Aucun besoin de somnifères, je planais déjà.

J'aurais dû travailler dans les autoroutes de l'information.

CHAPITRE 38

Maman préside, face à Georges qu'entourent Césarrine et Félix. J'ai Albin à ma droite (il déteste être séparé de moi) et, à ma gauche, Wilfried (dont je me serais bien passée). Édith règne entre son roi de pique et Jean-Eudes que j'ai pris la résolution de ne plus jamais appeler le « valet ».

N'oublions pas l'as de cœur : Babylas, dans son siège inclinable, posé sur une console dorée afin qu'il puisse profiter du spectacle.

Un salon particulier du célèbre hôtel a été réservé à la famille. Autour de nous, s'empresse un bataillon de serveurs. Pour commencer : belons, caviar, et champagne, bien entendu.

Cela me fait drôle de penser qu'hier, à cette même heure, notre hôte était au Japon, Césarine et Félix chez les S.D.F., Albin et moi en pleine galère. La golden mamie a raison : ne désespérons jamais de la vie.

À quoi bon le nier ? Georges est éminemment sympathique : une bonne bouille de bandit mafieux sur une large carcasse de cow-boy. On comprend tout de suite que ça n'ait pas collé avec Ingrid : insuffisamment d'oxygène pour les deux ! À côté du père géniteur, l'éducateur n'existe plus : dans son costume trois-pièces, avec son air trop comme il faut, on dirait une vieille carte à jouer.

Georges a d'emblée brisé la glace en tutoyant tout le monde, même maman qui s'est enquise *illico presto* de la santé de l'indice Nikkei. Que l'on puisse faire escale à Paris, entre Tōkyō et New York, pour lui en donner des nouvelles ne l'a pas étonnée.

Cela fait presque mal de voir la façon dont Félix regarde son père : on dirait qu'il rattrape vingt années de famine. Celui-ci lui demanderait de se jeter dans la Seine ou d'escalader l'obélisque – que l'on peut admirer tous deux de la fenêtre du restaurant –, parions qu'il le ferait, c'est dire !

Entre Césarine et Georges, le courant est tout de suite passé. La face ouest, largement déployée de ce dernier, son rire tonitruant qui dénonce un homme à l'aise avec son *ego*, ravi d'être lui-même, ont visiblement bluffé la yogi, habituée à voir venir à elle des êtres rabougris, coincés dans leur nuque comme dans leur vie.

L'admiration qu'il a manifestée à Babylas, son premier petit-enfant, a achevé la conquête. Moi, le voyant soupeser mon bébé, le flairer, le calculer, j'ai cru qu'il allait demander « combien ? ».

Après les hors-d'œuvre cités plus haut, nous entamons les côtelettes de carpe sauce périgueux. Les conversations vont bon train.

– Alors, il paraît que tu tiens de moi ? demande soudain Georges à Félix.

Le coucou en a le sifflet coupé.

– Ingrid m'a appris que tu étais le roi du troc, explique son père. En somme, nous pratiquons le même métier, sur une échelle différente, voilà tout !

Pas bête, ça ! Félix se rengorge. À présent, Georges se tourne vers Césarine.

– Et toi, ma fille, tu serais la reine du yoga ?

« Ma fille »... Il y va fort ; un rapide, le cow-boy ! Quel besoin a eu Ingrid de dévoiler nos histoires de famille.

– Ça marche plutôt bien, reconnaît Césarine. Et, avec un regard assassin dans la direction de ceux qui ont tout sacrifié pour elle : Sinon que je suis à la recherche d'un local.

– Ne cherche plus ! tranche Georges.

Le silence s'abat autour de la table. L'œil pétillant

de notre hôte enveloppe Césarine et Félix. Une brusque angoisse m'étreint : se pose-t-on à Paris juste pour offrir du caviar à des inconnus ? Je flaire un piège.

– J'ai une proposition à vous faire.

Sous la nappe, la main d'Albin s'est emparée de la mienne. Nos S.D.F. regardent Georges comme s'il allait leur proposer Versailles.

– Que diriez-vous de vous installer à Sydney ?

Babylas lui-même est haletant tandis que Georges explique qu'il a besoin d'un correspondant là-bas. Cela plairait-il à Félix d'y pratiquer le troc triangulaire ? Laine des moutons australiens contre voitures japonaises contre articles manufacturés américains.

Quant à Césarine…

– Tu pourras ouvrir un institut de yoga… Ils sont très friands de ce genre de choses en Australie. Ça et l'écologie…

… après avoir massacré tous leurs aborigènes, ouais !

– Un institut… que je dirigerais ? souffle l'innocente, émerveillée.

– Bien entendu. Je finance le départ. Après, ce sera à vous de jouer, je vous fais confiance.

Confiance, mot clé. Avons-nous jamais vraiment offert la nôtre à Félix ? Le cœur serré, je vois partir ma carpe sauce périgueux à laquelle j'ai à peine touché, la main d'Albin emprisonnant toujours la mienne. Dommage ! Georges continue dans la laine des moutons, manie des chiffres astronomiques, des trocs d'enfer ; ça sent l'argent blanchi. Évidemment, lui, il s'en fout du percepteur, il l'a arrosé, c'est sûr ! Autour de la table règne une atmosphère lamentable d'admiration béate. La golden prend des airs de *Calamity Jane*, Ingrid m'adresse des clins d'œil complices : complices de quoi, d'une arnaque ? Édith rétrécit sous l'effet de la jalousie : ah ! ce n'est pas à ses fistons qu'un magnat de l'import-export propose rait l'Australie : eux, ils ont fait des études ! Quant a coucou, sous le regard du père, il lui pousse des ailes d'albatros.

– Je te mettrai au courant moi-même. On commencera quand tu voudras.

Georges pose maintenant sa grosse patte de primate sur la main racée de Césarine.

– Je suppose qu'une maison avec jardin ne te déplairait pas ? Et, bien sûr, une piscine pour le petit.

Ça, pas de risque que ce soit pour le grand, ah ! ah ! « Ça s'accélère », me crient les doigts tremblants d'Albin sous la nappe. Qui l'eût cru ? Notre rêve est sur le point de se réaliser : le bébé couple va pouvoir accéder à l'indépendance, la responsabilité, dans des domaines où chacun, à sa façon, s'est montré excellent. Tout cela sous un toit à lui, encore plus loin que Gibraltar. Nous pourrons jouir d'une retraite tranquille, dans un appartement rendu au calme... Et ce n'est pas tout ! Babylas aura enfin, grâce à son grand-père paternel, le regard-envol dont il a besoin, et quel regard ! Quel envol ! Évidemment, lorsque notre petit-fils prendra sa vitamine D antirachitisme, avec le décalage horaire, nous serons, nous, en train de dormir ! Mais il faut savoir ce que l'on veut, se souvenir de ce que l'on a souhaité si ardemment.

Et voici qu'un détail me revient : l'Australie est le seul pays où l'on étudie encore le langage du dauphin tursiops. Si Félix hésitait encore, voilà qui emporterait sa décision...

Georges a terminé son exposé, répondu aux perfides questions d'Ingrid et de maman qui se voient déjà au bord de la piscine. Il se tourne à présent vers l'intéressé.

– Alors, qu'en penses-tu, mon fils ?

Touché au cœur, Félix ! Trop facile, vraiment ! On disparaît pendant vingt ans en laissant tout le sale boulot aux autres, on atterrit la tronche enfarinée : « Mon fils ! » Et le tour est joué. Maudit fax !

Autour de la table, le silence est retombé ; chacun attend la réponse de Félix à la merveilleuse nouvelle.

Celle de Césarine se lit sur son visage : quoi que décide l'âme sœur, elle suivra.

– C'est trop tard, papa !

Une tempête d'incrédulité souffle. Je vide ma coupe de champagne (de la main qui me reste).

– Mais… tu n'as que vingt-cinq ans ? s'exclame Georges. Du moins à ma connaissance.

À la nôtre aussi. L'âge du R.M.I. M'étonnerait que le R.M.I. existe en Australie.

Félix se tourne à présent vers Albin et moi. Il s'éclaircit longuement la gorge.

– Ici, j'ai trouvé une famille.

– Une famille qui souhaite te garder, enchaîne Albin sur les chapeaux de roues, d'une voix qui, faute de temps pour l'éclaircir, charrie des tonnes de gravillons.

Je m'élance en direction de Césarine :

– Tes élèves sont aux abois, à croire qu'elles ne peuvent vivre sans toi. Sans toi et Babylas, bien sûr.

– Face à certaines propositions, il faut parfois savoir se montrer stoïque, fonce Albin en me broyant les métacarpes.

– Sénèque, approuve Félix.

– Sé qui ? interroge Édith.

– Le père du stoïcisme, précepteur de Néron, le philosophe, récite notre écrivain à compte d'Édith.

C'est ici que le troqueur de moutons, largué par la hauteur du débat, a éclaté de ce bon rire franc qui m'avait séduite dès le début. Sous la nappe, Wilfried a saisi ma main restante pour me transmettre un message que j'ai reçu cinq sur cinq : en un sens, lui aussi avait gagné, Félix avait choisi de rester au nid. Pas si nul que ça finalement, Wilfried, pas si mauvais père.

Seules Ingrid et la golden ne cachaient pas leur déception.

– Dommage, a conclu Georges. Je suis sûr que nous aurions fait une super-équipe.

– C'est clair, a répondu Césarine avec entrain. Mais on pourra toujours aller te voir là-bas.

– Tope là ! a approuvé le cow-boy. Je paie le billet d'avion. Son œil a fait le tour de la tablée : collectif.

Tout le monde a applaudi. J'en ai profité pour récupérer mes mains, ce qui m'a permis de faire honneur à la côte de bœuf-pommes allumettes. L'appétit de Georges ne semblait en rien entamé par le refus des enfants à sa généreuse proposition. Au fond, il s'en foutait : il avait essayé de troquer un peu d'amour contre un paquet de dollars, ça n'avait pas marché, tant pis !

Et soudain, en moi la lumière s'est faite. J'avais enfin trouvé la capacité d'excellence de Félix. Troqueur génial comme le géniteur : voilà pour l'inné ! Pirate expert de toit d'autrui comme l'éducateur : voilà pour l'acquis ! Entre les deux, il avait parfaitement réussi : nul n'est un bon à rien, mon père avait raison.

La fête terminée, Georges nous a raccompagnés jusqu'à la place de la Concorde. Je me sentais sur un nuage, ce n'était pas désagréable. Pour les noyés, comme pour les victimes d'avalanche, on dit que le moment où ils lâchent prise après avoir beaucoup lutté est un moment exquis.

Albin a proposé aux enfants de les rapatrier à la maison, le Centre d'hébergement provisoire étant sûrement bouclé à cette heure tardive. Ils ont accepté avec joie. Au moment des adieux, Georges – qui s'envolait dès l'aube pour Chicago – s'est penché sur Babylas. Il l'a longuement regardé et là, je suis certaine d'avoir senti un vrai regret.

– C'est quand même extraordinaire, a-t-il remarqué. Cet enfant a exactement mes yeux.

CHAPITRE 39

Nous avons pris rendez-vous avec maître Gaillard, notaire de la famille. Lionel, monté tout exprès de Toulon, et Césarine étaient présents.

À Lionel, nous avons fait don du *Roncier*. Comme son père, il adore cette maison et depuis qu'il a trouvé Wilfried dans sa chambre, chez Édith, Paris lui fait horreur.

Sans rancune, il nous a offert de continuer à descendre au mois d'août dans ces Maures que nous aimions tant, tandis que lui emmènerait sa petite famille à l'air plus vif de la montagne. Durant les autres vacances scolaires, Marie-Sophie se ferait une joie de nous recevoir là-bas.

À Césarine, nous avons donné le duplex dont les traites étaient venues à expiration. Elle avait commencé par refuser, c'était trop, ne pouvions-nous pas continuer comme avant ? Nos arguments avaient fini par la convaincre : Babylas grandissait, il avait besoin d'un espace à lui, notre chambre leur était donc indispensable.

— Vous serez toujours chez vous, boulevard Saint-Éloi, s'est-elle écriée, les yeux pleins de larmes, en sortant de chez maître Gaillard.

Félix était aussi ému qu'elle.

— Si l'arthrose ou autre misère vous gênaient un jour dans votre vie quotidienne, il faudra revenir, a-t-il dit en regardant tout particulièrement Albin qui en a eu des frissons dans le dos.

N'avait-il pas, durant son service militaire, acquis une expérience auprès des personnes handicapées dépendantes? Avec la «prestation-autonomie», promise par le gouvernement, il pourrait se consacrer entièrement à nous.

Sitôt installée dans nos meubles, Césarine a monté l'ashram en haut des dix-sept marches. Cela me fait chaud au cœur de penser que ma fille y poursuivra mon œuvre en guidant des êtres vers le meilleur d'eux-mêmes. Il paraît que les quarante yogis trouvent le perchoir plein d'ondes bénéfiques.

Félix a entamé une formation de juriste.

Il souhaite guider les sans-travail, et parfois sans domicile, dans les méandres de leurs droits et allocations, la jungle des stages, A.I.G., F.N.E., R.C.L.D., et autres T.U.C., qui leur sont proposés. Il me semble que, dans cette voie, il pourra exercer à fond ses capacités d'excellence. J'ai idée qu'il réussira.

Césarine et lui se sont mariés à l'église au début de l'année. Pour le baptême de Babylas, ils attendent la prochaine escale de Georges, élu comme parrain (appellation qui lui convient très bien). Miss Péridurale sera la marraine; n'oublions pas que «marraine» est le nom donné à la femelle qui assiste le dauphin lors de son accouchement. J'en connais une qui va se régaler des rires de son compère.

Maman a pris, elle aussi, rendez-vous chez maître Gaillard. Édith et moi étions présentes. Elle nous a fait don de la maison de Saint-Rémi, tout en se réservant l'usage du rez-de-chaussée jusqu'à son passage sur l'autre rive.

Nous avons emménagé au premier, Albin et moi. Pierrot et Doudou se sont chargés de transporter les quelques meubles auxquels nous tenions, dont la fameuse bergère à oreilles.

Comme cadeau de départ, les collaborateurs de mon mari lui ont offert un Tout en Un, ainsi qu'un abonnement longue durée au fax. C'est surtout moi qui m'en sers pour avoir des nouvelles quotidiennes de Babylas, et même laisser des messages à la golden, car nous sommes très jalouses de nos indépendances.

À propos de Babylas, j'ai peine à y croire : il aurait dit son premier mot, quel as ! Un mot étonnant, ni « papa », ni « maman », ni « mamie ou papy ». Il aurait dit clairement, en agitant ses ailerons : « COUCOU ! »

Aux dernières nouvelles, la situation se dégraderait entre Édith et son roi. Celui-ci commence à en prendre un peu trop à son aise ; il ne se contente plus du salon et de sa chambre Empire, il étend son royaume et ma sœur a été condamnée à réintégrer la chambre conjugale. Apparemment, Wilfried était plus intéressé par la galette que par le corps de la reine. On parle de grosses dettes de jeu : le coup de l'« Empereur » ? Si elle a engagé le caveau, il lui restera toujours le second étage de la maison de Saint-Rémi.

Comme nous l'a fait remarquer hier, non sans humour, ma chère maman : « Il n'y a pas d'âge pour redevenir un bébé couple. »

Table

PREMIÈRE PARTIE. Une merveilleuse nouvelle . . .   7

DEUXIÈME PARTIE. Le coucou   51

TROISIÈME PARTIE. Le bigorneau perceur   133

QUATRIÈME PARTIE. L'as Babylas   207

Composition réalisée par INTERLIGNE

Imprimé en France sur Presse Offset par

BRODARD & TAUPIN

GROUPE CPI

La Flèche (Sarthe).
N° d'imprimeur : 5474 – Dépôt légal Édit. 8793-01/2001
LIBRAIRIE GÉNÉRALE FRANÇAISE - 43, quai de Grenelle - 75015 Paris.

ISBN : 2 - 253 - 14508 - 4 ❖ 31/4508/3